# TOUT À FAIT NUIT

Illustrateur — Roberto Contreras

© 2024 Salomé Merit
Édition : BoD · Books on Demand GmbH, In de Tarpen 42,
22848 Norderstedt (Allemagne)
Impression : Libri Plureos GmbH, Friedensallee 273,
22763 Hamburg (Allemagne)
ISBN : 978-2-3224-9644-0
Dépôt légal : Octobre 2024

**Pêches Shiraz**

*Le Printemps 96 bat des records. Les pics de chaleur sont remarquables* soupirent les persiennes de l'immeuble. Grenade baigne dans les *azahars*. La concierge s'assoupit; le tablier desserré, le tabac à mâcher encore dans la bouche. Les messes chantent. Chez Luisa ça fait *Coco Tropico*. Et elle se déhanche innocemment, le jean à la taille, les joncs au poignet qu'elle agite noblement maniéré.
Ce printemps là, quelque chose de transcendant a pris Luisa. Et elle sentit que son monde entier devait radicalement changer. Mais aux persiennes du deuxième, Rizlane est étendue dans une baignoire d'eau tiède, comme d'habitude. Le chauffe-eau est en panne et *Om shanti shanti shanti* tourne en boucle. Un perroquet colore l'image de ce printemps 96.

Au grenier, Luisa laisse ses sandales de poussière et sa robe bariolée sur la *zellige*. Elle n'a gardé que ses bijoux et peigne ses longues mèches brunes de gestes sonores. Elle passe de la rumba, oubliant les persiennes voisines. Le perroquet reprend les échos du métal. Luisa est insouciante de l'heure. Elle essaie des poses et s'attrape une canette fraîche de *Tropico*. Les joncs tintent. La canette est rose et verte, comme l'oiseau. Est-ce là, la grande vie ?

La pub *Tropico* passe pour la troisième fois en une heure à la *cantina*. Larbi soupire, un torchon sur l'épaule, la misère sur l'autre. La *cantina* est pleine. Luisa sirote du *Shiraz* sans se dépêcher. Sous le crâne de taureau, la concierge se plaint des cent-dix *pesetas* le litre. Sa *helado artesanal* trempe le journal et déforme les chiffres pleins d'eau.
Un jour ordinaire aux quartiers populaires. Des hommes se salissent de cendres en fumant; contrariés du pétrole, des vacances à annuler, des femmes qui leur en voudront, c'est sûr. Luisa chante en tournant ses poignets dans les verres, indifférente de la chaleur et du monde. Elle attire l'attention, buvant de langoureuses gorgées par-dessus la vaisselle, devant l'immense carreau à la grenade fuchsia. Larbi la prie de mieux se comporter.

Mais un homme s'approche. Luisa colore ses lèvres de vin. Elle jouit du moment où on la regarde, parce que c'est si ennuyant quand il ne se passe rien. L'homme retire son chapeau pour les cacher. Luisa l'embrasse amusée, se fichant de qui il est.
Ce soir, elle le laissera baigner ses pêches de *Shiraz*. Ils seront ivres, ils ne s'ennuieront plus. C'est indécent dirait Ines. En plus, le *Shiraz* a été importé d'Iran par les français. Et Ines s'oppose à tout ce qui vient des colonies. D'ailleurs, l'été dernier elle

pensait qu'il fallait se réserver pour l'homme avec qui on allait se marier. Enfin depuis, elle a changé d'avis. Elle prétend maintenant que la femme est libre, même si elle ne devrait pas se donner à n'importe qui.

Luisa trouve ça imprécis et dans le fond, elle se fout d'où le *Shiraz* vient et les règles l'étouffent. Elle supporte mieux la chaleur. Elle se sert d'un *cum* — jolie carafe persane — un nouveau verre et tend un bras vers le poste de télé, les joncs chantant. Elle tourne le volume des clips. Les fils suspendus de dattes font comme des rideaux. Luisa imite les danseuses de cabaret. Israfil lit par-dessus les clips, *Les Orientales* qu'il a chiné au *souq*. Les espadrilles lui tombent des pieds.

*Quand par un soir d'été*
*Grenade dans ses plaines*
*Répand ses femmes et ses fleurs*
*L'Arabie est son aïeule*
*Les maures, pour elle seule*
*Joueraient l'Asie et l'Afrique…*

Le large ventilateur brasse lentement l'air de la *cantina,* chargé de café. Les amis de Larbi se moquent des poèmes. Ils éteignent les clips pour parier sur les taureaux. Ils débordent des tabourets sur leurs ventres rebondissants. Leurs fronts sont trempés de sueur. Luisa leur rend la monnaie de leur pièce. Mais en vrai, elle se fiche de leurs remarques. Israfil ne dit rien, convaincu qu'on ne change pas les gens si tard. Luisa n'en pense rien. Elle laisse être les hommes qui ils sont et continue son spectacle.

**76**

Rizlane sert le thé sur la nappe de la télévision. Le music-hall est branché. Évanouie dans sa berceuse en rotin, elle fait chanter son perroquet. Les trois soucoupes sont fleuries. De ravissants quartiers de citrons flottent délicatement. Rizlane s'applique. Elle attend Maurice.
Il prenait le thé après ses journées au consulat d'Algérie. Luisa ne dit rien. Il ne viendra pas mais la télé joue ses chansons et la mémoire ses tours. La réalité n'a pas besoin d'être exacte pour en discuter selon elle. Maurice est reparti depuis 76 à Oran. Luisa ne l'a pas connu. Rizlane ajoute des feuilles à son thé, fragile dans sa robe à cerises.
Luisa ouvre les *Mille et Une Nuits* pour divertir sa mère. Mais l'histoire porte sur *Qamar al-Zamâne* et sa princesse, chaque fois séparés malgré leur amour. Rizlane fait tomber sa tasse. Elle a les genoux pleins de pétales. Il fait trente degrés. Luisa se dit qu'un peu d'eau ne la dérangera pas. Elle laisse la lecture au perroquet, balançant la berceuse et elle s'installe

devant la télé. Elle retire son jean et imite les danses du *Tout-Paris*. La chaleur crée une sorte d'hypnose. On dirait que Luisa grésille aussi. Ses hanches semblent se décaler par magie. Est-elle au moins réelle ?
Ses mains en cuivre trouvent les bijoux de Rizlane sur la table basse. Elles passent deux têtes d'oiseaux dorées aux oreilles et la voix du perroquet résonne avec les clips. Luisa pose son thé sur la télé. Il inonde la nappe et fait briller le music-hall. Elle ondule, comme pour flotter. Il fait bon d'être libre.

À la *cantina*, Israfil baille dans ses lectures existentialistes que sa sœur Ines lui a données à lire. Mais en fait, Israfil se pense nihiliste. Luisa se tord sur son tabouret à fleurs.
« C'est à dire ? » demande t-elle joyeusement.
À côté, des hommes crachent dans leurs mouchoirs et s'épongent le front.

Israfil n'aime pas ce réel, médiocre et ennuyant. Pourtant il dit que tout dans le monde se vaut et est équivalent. Comme si rien n'était vraiment subjectif d'une certaine façon. Luisa jubile tellement que les fleurs peintes s'épanouissent. Elle trouve le nihilisme merveilleux. C'est pour ça qu'Israfil adore Luisa. Elle est exaltante, à rire dans sa grenadine d'une doctrine pesante. Elle fait de la réalité un vaste

espace où les murs défraîchis prennent de vives couleurs.
Les hommes sont magnifiés; les peaux brunies par le soleil, les allures fières. Luisa rend à la vie son romantisme. Les piles d'assiettes font comme un fond cinématographique pale et précieux; devant lequel Luisa se distingue. Ses cheveux nuits ressortent, ses exquises hanches tenues par son tablier aussi. Si le nihilisme est réel, Luisa aimerait peut-être un jour Israfil se disait-il. Il n'y avait aucune raison qu'elle le fasse, mais aussi aucune qu'elle ne le fasse pas.
Pourtant, Luisa se cambre en riant à une table voisine. Les fleurs peintes se fanent. Israfil referme ses lectures, incapable de penser. La *cantina* est comme tous les jours. Les triangles de fêtes y sont suspendus depuis l'été dernier. Luisa n'a pas changé. Elle aime toujours s'amuser. C'est plus fort qu'elle.

Ines apparaît. Israfil lui tend l'article qu'il a fait sur le pétrole. Luisa pense à sa concierge qui chiquait la même colère. Elle ne sait pas ce qui surprend autant les gens puisque selon elle, la politique est toujours comme ça, bordélique. Ines déclare qu'il faut distribuer le journal à la *cantina*. Luisa dit que la presse du parti n'intéresse personne.
Mais elle s'amuse et prend déjà les journaux, mimant leur distribution en se déhanchant comme

dans un spectacle. Larbi la prévient de ne pas distraire par ses excentricités. Ces temps-ci sont très sérieux. Mais tout est toujours si sérieux de toute façon…

« Oh alors je ne distribue pas le journal ? » rit Luisa. Dimanche le peuple votera. Larbi espère voir la gauche passer. Ses aînés se sont battus pour l'indépendance de l'Algérie. Et si Larbi a du quitter le pays avec les enfants — Ines et Israfil — il perpétue sa politique à Grenade. Il avale un verre de *cherbet* — boisson algérienne — et frotte ses yeux. Les ventilateurs tournent en tintant. Ines prie Luisa de faire passer le journal aux plus de mains possibles. Luisa l'ouvre au hasard et chante innocemment. Larbi lui a dit cent fois de ne pas crier. Mais elle continue de le faire.
« Cent-dix *pesetaaaas,* n'est ce pas insensé… »

**Afrique**

Ines révise un discours. L'oranger lui fait des boucles d'oreilles. Elle parait adoucie. Israfil et Luisa recrachent la fumée des *Marquise* à une table du fond. Luisa laisse la sienne fumer dans le cendrier, juste comme ça, parce qu'elle s'en fiche. Ines juge ça ridicule. Elle n'aime pas la cigarette, encore moins la *Marquise* française au titre de

noblesse. Luisa rit. Pour elle, c'est juste une cigarette.
Elle disparaît quinze minutes avant le discours politique; se doucher dans l'arrière-boutique de la *cantina*. On l'entend chanter *Sous le ciel d'Afrique* de *Baker* dans la pièce principale. Ines est hors d'elle. Luisa réapparaît les cheveux trempés, révélant sous son haut deux seins innocents. Ines la prend par le bras. Luisa ne voit pas ce qu'il y a de si dérangeant. Elle pense le printemps si bon quand il trouve la moiteur de sa peau. Elle repasse derrière le bar et s'ennuie. Elle pèse ses bijoux dans la balance. Ils sont aussi lourds que cette vie toujours restrictive. Mais elle oublie. La mousse des *cervezas* déborde sur les affiches politiques, faisant des moustaches aux candidats. Elle s'en amuse, inventant des auras à n'importe quel homme, se demandant lequel d'entre eux semble être assez attirant pour remporter l'élection. Ines la pense inconsciente. Il faut tenir des positions certaines, et ça même si les andalouses ont le voile défait d'opinions.

Luisa est affalée sur sa chaise d'osier, les pieds nus sur un tapis jeté négligemment. Elle s'allume une nouvelle *Marquise.* Elle s'en donne l'air, pour aussi se faire élire en favorite par l'un des hommes. Elle aime ceux aux débardeurs, les autres aux bandanas.

Elle s'imagine chanter pour eux, libre et nue. C'est plus intéressant que la politique à la télé.

« *Hachuma* ? » propose l'un d'eux dans un salon.
La boisson est hallucinogène. Luisa retire ses étoffes et s'accroupit sur la margelle. De profil, elle avale de grandes gorgées. Ses précieuses babioles — deux petites grenades de cuivre — se balancent. Elle demande un cigare et se sert déjà dans l'étui. L'homme retire la fleur de cassie qu'il a à l'oreille, l'offrant pleine de compliments à celle de Luisa. Luisa est nue, la fleur aux cheveux, les bijoux la décorant. Son teint est chaud lorsque l'homme attrape ses babioles pour l'embrasser. Puis il prétend faire de la magie et fait disparaitre ses bijoux. Luisa se tord de rire. Le cuivre brille sur son corps mat; brille, appelle. Elle demande à disparaitre elle-même juste pour mettre l'homme au défi.
« Et si j'y arrive, *muchacha* ? »

Luisa hausse les épaules et lâche remarquablement sa nuque. Elle se fiche de savoir si le tour réussira. Elle est convaincue d'un autre réel, plus libre; où elle pourrait s'incarner autrement. Elle n'a pas peur de quitter ce monde. Elle fixe l'homme de ses yeux *kaaba* et tire avec douceur sur le cigare. Ses lèvres brillent; brillent, appellent. L'homme renonce à ses tours et lui fait l'amour. Il faut qu'elle reste là, incarné dans ce corps si exaltant.

Luisa joue avec les pièces de monnaie au soleil. Elle fait apparaître sur les murs de la *cantina* de grands cercles éclairés, comme des passages vers un monde de lumière. Dans le reste de la pièce, les ouvriers baignent dans la pénombre, les yeux noyés dans les obscurs thés de *Marruecos*. Ines distribue ses journaux, empruntant la canne de la concierge pour démontrer ses idées. Mais la vieille andalouse croit plutôt en son dieu.
D'ailleurs elle prétend que si le peuple voulait bien le prier avec elle, il se porterait mieux. Elle assure que dieu a un destin pour Grenade, mais comme elle chique son tabac, s'en remplissant la bouche; Luisa ne comprend pas bien lequel. Qu'a décidé dieu pour elle qui se sent si détachée ? Rêver est-il une destinée ?

Larbi tourne les louches dans ses marmites. La mousse déborde sur de nouveaux candidats. Larbi râle dans sa barbe, trouvant la concierge crédule. Si c'est dieu qui donne, combien de temps faut-il attendre ? Luisa rit, amusée de ce qu'elle entend. Si c'est l'élu politique qui donne, combien de temps faut-il attendre aussi ?

Comme le monde n'a pas l'air de changer bientôt, Luisa décide de profiter de l'après-midi. Elle s'ouvre un *Coca Cola* et croise les jambes sur le bar. Israfil fatigue dans sa lecture de Sartre. D'ailleurs, Ines la lui autorise, juste parce que l'auteur a défendu l'Algérie dans le Manifeste. Sinon Ines n'aime pas les français. Elle ne manque jamais de rappeler que Luisa est fille de pieds-noirs et qu'elle devrait se la jouer discrète. Mais Luisa ne sait pas faire. Ses cheveux lui font une merveilleuse crinière sous le ventilateur. Elle ne passe pas inaperçue, jamais. Elle distrait n'importe qui, n'importe quand.

Dans une heure, un homme sera élu. Luisa invente des chansons, les jambes relevées sur le balcon de la *cantina*. Le fer forgé lui fait un charmant masque de carnaval. Mais Ines la pousse pour installer un projecteur. Les insectes s'y abîment les ailes, grésillant. La *cantina* se remplit. Les nuages pèsent.
Après des mois à débattre et hurler, seules les antennes vibrent. Luisa pique une louche, pour servir des verres de ponch qu'elle vient de faire par envie. Larbi la laisse, se disant que ça détendra peut-être l'atmosphère. Luisa est maintenant à genoux sur le comptoir, se cambrant pour servir les hommes du fond. La louche se noie dans la bassine orange et ses genoux sont de la même couleur cannelle que la boisson. Elle rit mais soudain, on la fait taire.

Les scores politiques s'affichent. L'orage éclate. Les insectes se brûlent entièrement sur le projecteur, tombant au fond du ponch. Leurs ailes ont des perles. Ce sont de beaux petits bijoux pense Luisa qui boit excessivement, emportée par la tension dans la pièce. Une radio sur un tapis *sisal* posée contre la carafe appelle aux manifestations. Ines crie au scandale. Israfil n'est même pas étonné des résultats, de la défaite.

Luisa passe entre les rangs de la *cantina*, proposant d'autres ponchs, profitant de se faire des pourboires. La soirée est exaltante. Elle l'aurait aussi été si l'autre parti avait gagné. Pour Luisa, la politique ne change rien. Elle croit surtout avoir oublié la vanille dans le ponch maintenant qu'elle y pense.

La chaleur pèse sur le divan dans le jardin. Ines s'étend aussi lasse. Israfil défait les figues de barbarie sans sentir la douleur. Il les offre à Luisa en consolation, mais Luisa n'est pas triste. Les mains violettes de bijoux, elle chantonne. L'orage est excitant et c'est toujours la canicule. Elle fait de l'air de son étoffe, révélant deux seins roses. Le jardin paraît si simple. Un matelas, du fer forgé et Luisa parfaitement libre.

Remarquant les petites mines de ses amis, elle passe deux figues à ses seins *barbares* se révoltant de la défaite. Mais Ines la corrige, prétendant que les figues viennent de Barbarie et que Luisa devrait réfléchir à tout ce qu'elle dit de déplacé. La Barbarie c'était l'Afrique du Nord et les gens n'avaient rien de barbare. Ines se lève et s'énerve du terme européen. Mais Luisa cherchait juste à la faire rire. Ça ne fait rien; elle allume un bang.

Israfil est troublé. La fumée s'espace dans le jardin; rendant aux tapis leur poussière d'origine et aux figues leur exotisme. Inspiré, Israfil sort un livre; l'*Orientalisme*. Ines songe sa lecture inappropriée, faite de clichés. Israfil défend l'art pour l'art et Luisa rêve d'un monde plus excentrique que leur barbante Andalousie, un monde où la politique ne compterait pas et où il n'y aurait plus de débats.
Ses tresses chaudes s'étirent le long de son cou. Elle expire une traînée de sable. Un désert s'étire, vermeil, magistral, orné d'émail. Elle lui donne du volume en exhalant. Le sable recouvre les journaux dans les mains d'Ines. Luisa s'excuse en riant. Israfil est absorbé par cette fille indolente, au milieu des rafales. Il s'imagine la suivre dans un Sahara de fantasmes, lui offrir *l'Oasis* dans de langoureux baisers, qu'importe ce qu'en dit sa soeur…
Luisa inspire au rêve, à la transgression. Ines prétend que ce n'est pas le moment de se laisser distraire; mais comment ? Israfil a la bouche sèche, remplie de

sable. Il tend un bras vers la carafe de fruits. Luisa l'attrape avant. Ses mains sur la pellicule fraîche laissent des traces où voir à travers, sa langue rose. Ses tresses sont maintenant froides. C'est elle l'oasis.

**Goyaves**

Le jardin retrouve son ordre habituel. Les rideaux sont tenus dans le fer forgé. On écoute Ines sur de larges tapis de perse. Luisa s'assoit, désinvolte, au milieu de la foule. Elle tient un petit ventilateur aux motifs goyaves. Sa robe est soleil; ses pieds sont nus et croisés, ornés de joncs à étoiles. Autour d'elle; des andalouses en costumes un peu larges, les cardigans sans manche sobres. Luisa passe le ventilateur dans sa nuque; ses cheveux prennent vie merveilleusement. Les andalouses réajustent leurs foulards pastels. Les goyaves sont tellement vives à côté. Ines se tient droite, déroulant un argumentaire sur la responsabilité individuelle.
Luisa est absorbée par ses visions. Elle s'imagine à Oran dans une chambre chaude, avec une arche sous laquelle se réinventer. *Là-bas* il y avait peut-être des hommes qui remettaient le monde en question joyeusement; qui se plaisaient à l'imaginer plutôt que de constamment s'en plaindre. Luisa aurait-elle été la même en Algérie ? Enfin, peut-être que

certains évènements étaient inévitables, comme grandir sans Maurice.
Luisa développe ses pensées dans différents faisceaux de lumières. Mais c'est toujours la même vie. Donc elle ne trouve pas de réponse. Tout ce qu'elle sait, c'est qu'elle s'ennuierait moins si elle tombait amoureuse… et à Grenade tout le monde l'indiffère.

L'accordéon du bus à pétrole ne joue pas de musique. Mais Luisa suit avec entrain, un homme. Il faut vivre, alors… Il ouvre une chambre délabrée, prend le ventilateur à goyaves. Les factures flottent, dégageant un semblant d'énergie. Mais l'homme est sans argent. Luisa s'en fout. Elle s'amuse des fils des rideaux, s'en faisant des parures dans lesquelles poser. Six fleurs brodées s'attachent à ses cheveux. L'homme superpose deux feuilles qu'il colle; casse une *Marquise* à l'intérieur et passe une rumba. Luisa est troublante, presque irréelle sous les rideaux de rêves. Il l'efface une seconde, recrachant sa fumée et la fait réapparaître proche de lui.
« T'as pensé quoi du discours ? »
« Je rêvais » s'esclaffe Luisa.
« Tu t'en fous ? »
Luisa considère la question. Ce n'est pas qu'elle s'en fiche, seulement la dernière fois, Ines proclamait qu'il fallait s'allier à tel parti pour les élections et

aujourd'hui elle affirme le contraire. La politique est toujours changeante selon Luisa.
Elle sort un poster plié en quatre de son sac à main en osier. Un grand éléphant orange, paré d'un tapis bleu et orné de bijoux apparait dans la pénombre. À l'arrière, Luisa pose une question.
« La vie a t-elle un sens ? »
Elle tend le poster, voir ce que l'homme va répondre. Mais il tire une bouffée. Selon lui, la vie est une suite d'évènements aléatoires et il n'y a rien à faire à ça. Luisa ne voit pas pourquoi prendre l'air si grave et comme l'atmosphère l'ennuie elle tourne le volume de la radio d'époque, toute verte. *La Bohème* résonne. Luisa trouve le moment approprié pour poser nue. Ça rendra peut-être l'homme moins las, songe t-elle. Mais sont-ils heureux ? Ils ont vingt ans et *La Bohème* veut-elle dire quelque chose ?

Ines et Luisa sont étendues sur le lit du jardin. Ines s'imprime de chaque idée de son journal et Luisa rêve dans une jolie robe jaune qui lui tient chaud; les ballerines vernies assorties. *Contre l'augmentation des taxes* lit Luisa dans sa tête. Elle baille et tente une approche.
« J'ai fait l'amour hier soir. »
Ines lève la tête et plie son journal sur un pan du matelas. Dans sa main pleine de henné, une orange s'assortie. Elle attend que Luisa finisse son histoire

puis elle demande, l'air sérieux sous le printemps de Grenade :
« Et pas d'orgasme ? »
Luisa fait non de la tête. Elle dit que l'homme a jouit avant.
« Comment ! Et vous n'avez pas continué ? »
Ines laisse tomber son fruit dans l'herbe et réouvre son journal. Elle se penche vers Luisa et lit à voix haute la rubrique trois-cent-une. *Faire l'amour est aussi politique !* Tout homme qui jouit sans faire jouir la femme, est égoïste.

Luisa s'est pourtant amusée. Selon elle, ça arrive; que l'homme jouisse et que la soirée s'apaise. C'est même assez naturel. Et pourquoi faut-il toujours qu'Ines change l'ordre des choses ?
Dans la revue de sciences d'ailleurs, on lit que les endorphines après l'acte sexuel, fatiguent nettement les hommes. Luisa ne sait jamais qui croire; un journal dit une chose, une revue une autre. Et elle aime juste faire l'amour avec ou sans orgasme. Elle regarde Ines si sûre d'elle-même et l'admire un moment.
Ines semble tout savoir, comme si elle pouvait deviner ce qui était juste et ce qui ne l'était pas. Luisa n'a pas encore été désillusionnée. L'été n'a pas emmené sa vague de conscience. Bientôt, elle s'ennuiera de l'esprit si convaincu de son amie.

**Cancan**

Rizlane se bascule dans sa berceuse. Seize heures. Chaleur de mai. À la télé, Mistinguet grésille au Moulin-Rouge. Rizlane poudre ses joues. Ça fait une heure. Elle est parfaitement rose et porte son perroquet au-dessus d'elle, comme un chapeau de plumes.
« Chérie, sais-tu qu'on dit *cabaret* pour l'arabe *kharabat.* Voilà une chose à dire à Maurice ! »
Mais Maurice, humble pied-noir n'a jamais aimé les froufrous français. Il a sûrement refait sa vie. Rizlane ressemble à une poupée en céramique; candide et naïve.
Elle repose fragilement, les pommettes saillantes; avec tous ses mystères de femme. Le perroquet l'hypnotise en chantant. Luisa ne peut rien y faire alors elle apprécie le French cancan, l'or et les paires de jambes.

Ines songe le cancan critiquable. Elle avertit Luisa de ne plus le visionner et s'indigne sur les marches de la basilique de ce que le Moulin-Rouge a fait des femmes — l'objet du désir des hommes. Israfil fatigue d'entendre sa soeur se plaindre et rétorque qu'elle n'est pas féministe pour un sou. Puisqu'en fait le cancan a libéré les femmes !

Luisa ne prend pas parti. La palette de maquillage sur les genoux, elle fait ses yeux. Tous les ans avant l'été, c'est pareil. C'est comme si le soleil donnait davantage de force à Ines et qu'elle resplendissait encore plus d'idées. Alors depuis toujours, Luisa adore le mois de mai. Ines est intense et Luisa rêve que Grenade change vraiment. Parce que si Ines a raison, le monde sera bientôt fascinant.

Pour s'éveiller un peu, Luisa passe la *helado artesanal* dans son sachet, sur ses douces joues. Tout son visage scintille. Elle cligne des yeux.
Et alors un *sitar* — merveilleux instrument à cordes hindoustanie — apparaît sur le trottoir; faisant office de cérémonie derrière le cancan. Le bitume est sale. Un homme se distingue. Ses *mantras* viennent d'un autre monde. Les marchands se taisent. Des pieds nus traînent, révélant l'homme. Des roues bariolées de charrettes défilent. Luisa fixe l'inconnu. On devine d'elle une chevelure exubérante. L'étranger baisse les yeux; et déjà deux sandales délicates se tiennent devant lui. Luisa est serrée dans un voile rose qui ne lui tient que les seins.
Elle n'a rien des femmes qui attirent l'homme; excentrique avec ses joncs de pacotille, desquels elle joue. Lui est assis, inférieur et soumis. Elle chante *« J'ai deux amours »* et apparait démesurément charnelle.

L'homme revient de l'*ashram* — grande pièce de méditation — où il s'est formé avec des *gurus* spirituels. Luisa se penche. C'est peut-être l'homme qu'elle cherchait; celui qui pensera différemment. Finalement le bon dieu de la concierge pourrait exister et exaucer ses prières ! Elle enroule ses mèches comme elle a vu les indiennes le faire à la télé, pensant plaire. Elle propose de se saouler à la *cantina*. Elle pique le *sitar* pour que l'homme la suive, comme par enchantement.

Alors Luisa boit des litres d'oranges. Brahm la trouve extraordinaire. Les cheveux et les *caftans* prennent toute la place dans la pièce. Luisa les dégage comme de grands rideaux et cambrent ses mèches à elle, spectaculairement.
Elle dégage son voile rose, invitant Brahm à la parer de ses bras. Mais Brahm est resté en *savasana* — posture de repos — tout l'an dernier, donc il ne sait pas faire et Luisa s'en amuse. Jamais elle n'a vu un homme si retenu. Il est tellement différent des autres qu'il en est exaltant.

Au grenier, elle allume une lampe à pétrole et attrape une carafe aux précieux motifs. Elle boit le vin de la nuit la nuque en arrière, trempée de lumière. Elle s'accroupit sur la *zellige*, les hanches en vase, les cheveux libres et langoureux. Elle retire

le *sitar* des mains de Brahm et lui donne un coffre. Minuit dix, elle l'ouvre. À l'intérieur un délicat bang serti de doré. Luisa se hisse avec sur le matelas, faisant mine d'attraper les étoiles. Elle rit et allume l'instrument.
Brahm parle de ses nuits à l'*ashram*, avec une seule étoile pour se couvrir la tête.
« De quelle couleur il était ? » demande Luisa en sautant du lit.
« Quoi donc ? »
« L'*ashram* ! »
Brahm ouvre la bouche sans ne rien dire, surpris. Il ne sait plus. D'ailleurs il dit que ça n'a aucune importance. Il a fait le voyage jusqu'en Inde, pour quitter Grenade, son dieu unique et son impérialisme naissant. Il s'est déconstruit; puis humblement réincarné. Mais Luisa songe qu'une réincarnation dans laquelle on ne s'occupe pas des couleurs est ennuyeuse. Enfin… elle oublie, car après tout Brahm connait l'Inde alors qu'à Grenade, personne n'a rien vu d'autre.

Pour se rendre interessante, Luisa prétend avoir du sang indien, comme si l'enfance de Rizlane expatriée suffisait. Elle se tord soudainement dans son étoffe rose, en véritable poupée. On dirait une *Bhatt* — petite marionnette venue d'Inde. Son

*Khaputli* — art théâtral des marionnettistes pour les princes — est merveilleux.
Luisa tend les bras imitant la poupée, désireuse que Brahm la commande. Mais il rattrape son *sitar*. Elle se contorsionne davantage, cherchant à prendre la place de l'instrument et attacher ses bras à Brahm en bandoulière. Luisa veut faire de ses hanches les plus rondes *kaddus,* changer ses cheveux en fils à manier. Elle veut jouer; elle veut et elle vibre. Elle ne sait pas que Brahm a fait vœu d'abstinence; elle n'imagine même pas que ce soit possible. Son inconscience la rend naïvement attirante.

**Baisers sucrés**

Larbi retient Luisa à la *cantina*, servir les *mamás* qui se plaignent des lessives et des enfants qui tournent mal. Luisa lit en secret derrière le comptoir, les mains pamplemousses. Le fruit coule de sa bouche aux *Mille et Une Nuits,* animant le calender qui, pensant échapper aux annonces de l'oracle, se retrouve à tuer un prince.
La concierge sirote son *Coca Cola*, la paille mâchée dans la bouteille. Elle pense que c'est là, la destinée. Personne n'y échappe dit-elle; s'allumant un cigare qui lui confère des vertus inattendues. Luisa suce les quartiers de son pamplemousse, le jus dans la nuque,

les sandales tombées. La concierge recrache une sainte fumée et s'interroge en sage.
« Si le calender n'avait pas voulu échapper à son destin, son sort aurait-il été différent ? »

Larbi passe un savon à Luisa de sortir avec les clients. Mais indifférente, Luisa s'exhibe déjà à la table des blanchisseurs. Elle tient son plateau d'une main nonchalante comme un tambourin andalou. Elle enchante. Même Brahm est charmé, lui qui d'habitude juge si déplaisant ce comportement.
Larbi est inattentif devant les courses de taureaux. Alors Luisa se sauve avec Brahm, le bandana lâche, la robe à fleurs en mouvements. Ils s'en vont jouer à la rue.

Elle tire la langue sur le trottoir. Brahm rougit de honte. Il se disait détaché du regard extérieur mais il pense Luisa trop folle pour être vu avec. Elle a deux seins qui respirent de jazz l'un contre l'autre, dans un corset orangé. Elle est sa *Maha Kali*, son entité indienne; maléfique et merveilleuse.
Les gamins s'amènent, faisant tinter leur *pesetas* comme des *kartal* — castagnettes venues du Rajasthan. Luisa prend des poses exubérantes, qui les font rire. En fait, Luisa n'est pas vraiment excentrique Elle est simplement joueuse comme une jeune fille.

Brahm vante maintenant ses mérites. Il assure son destin d'artiste de rue si elle le veut bien. Il lui fait chanter des *mantras* voir combien elle peut tenir sa voix. Les prières se mêlent au fruit rose dans sa bouche lubrique et transgressent la terre et le ciel. Brahm connait Luisa depuis trois jours et déjà n'a plus l'esprit d'un ascète. Il s'est assagi de principes millénaires à l'*ashram*, mais l'instinct est plus vieux que la morale. Luisa danse sur une rumba de bohème et il reste un homme impressionnable.

Il prétend que Luisa l'attire car elle est nouvelle, étrange. Elle est pour lui comme une créature sauvage, qu'il faudrait éduquer. Brahm ignore l'ego qui le pousse à agir.
L'ego mais aussi l'attraction naturelle; celle entre objets et gravité, entre charges électriques opposées. Maligne et consciente de ces choses logiques, Luisa en joue, se parant à chaque rendez-vous de bijoux en métal, renforçant le champs magnétique entre elle et Brahm.

Au local, Ines donne du travail à Luisa. Elle exige un article parfait sur la colonisation française à Oran. Elle prétend que Luisa a forcément des choses à dire, à cause de son père pied-noir.
Luisa emmène son travail chez Rizlane, songeant que sa mère parlera mieux de Maurice qu'elle ne le

peut. Mais Rizlane assure que Maurice est né aussi oranais qu'un autre et que s'il a été privilégié par son statut de français, il a perdu l'Algérie pour ce même titre.

Luisa appelle au local. Ines s'indigne dans le combiné. À cause d'hommes comme Maurice, le peuple algérien a été marginalisé dans son propre pays. Rizlane songe déraisonnable de fréquenter Ines. Elle la trouve extrémiste. Luisa ne sait pas se situer. Elle a grandi sans autorité, sans référence et que Maurice soit oranais ou pied-noir ne change rien.

Dans tous les cas, Luisa ignore pourquoi elle ne le voit pas. Pour cela d'ailleurs, elle avait décidé un jour, plus ou moins consciemment, qu'elle ne connaîtrait jamais la pleine cause des choses. Donc elle continuait de se ficher du monde et des articles politiques.

Cet aprem, Luisa s'oublie dans un magazine de *Vogue* et ouvre une coquette boite sur le matelas fleuri, devant la télé : *Baisers sucrés - Thé Indien.* Dans le *Vogue*, des parisiennes posent nues. Luisa leur trouve une liberté naturelle. Ines peut dire ce qu'elle veut, les françaises ont l'air tellement plus vraies. Est-ce réel ? Un encadré vante leurs corps embellis par la poudre d'or de la *Société de Paris.*

Luisa s'en va à la boutique, les sandales détachées, laissant sa mère dans son hypnose habituelle.

Lorsqu'elle revient, Rizlane est malade dans le conte du *médecin Douban*, songeant à son tendre Maurice. Luisa lui passe la poudre et un énième music-hall, prétendant que ça l'apaisera. Elle s'ennuie de voir sa mère toujours de la même humeur, à s'essuyer les yeux de ses gants blancs.
Rizlane porte les joncs par-dessus depuis ses quinze ans — âge où elle a rencontré Maurice. Elle venait d'arriver à Paris, avec son père ambassadeur. Maurice y était exilé. Maurice aimait Rizlane pour sa fantaisie qu'elle avait gardé d'Inde. Et elle le chérissait pour ce qu'il tenait d'Algérie. Elle prétendait qu'il était plus vivant que les autres. C'est elle qui lui a trouvé le poste au consulat, plus tard.

Rizlane entre dans un délire. Elle se bascule dans sa chaise au rythme du *Shanti Shanti.* On l'entend hurler de désespoir. Luisa s'en fiche. Sa mère est toujours comme ça.
Donc elle s'occupe plutôt du magazine et tente d'imiter les poses. Le haut du dos contre le mur, le bassin en avant, la tête penchée et les cheveux libres, elle oublie le monde un moment. Belle Luisa.

**Rita**

Brahm flotte sur le trottoir en *sadhu* — saint homme d'Inde. Luisa fume à côté de lui, en robe pêche et serrée. Brahm fait la morale. Il songe que la cigarette est un excès dont il faut se passer. Il se sent comme dans une peinture de Raja Ravi Varma — peintre Indien — avec la fille qui tente le yogi. Mais Luisa aussi extravagante qu'elle est, mystifie Brahm de délicats nuages argentés.

Elle défait le petit papier d'un *malabar* et s'amuse de grandes bulles colorées entre ses bouffées de fumée. Brahm voudrait qu'elle chante plutôt qu'elle passe l'après-midi à paresser. Pour un homme qui a été la dernière année en lotus, Luisa le trouve bien rigide. Elle fait des bulles à ses oreilles.
Une éclate, révélant soudain une femme ! Esma, dans une jupe vaporeuse, des rubans dans les cheveux.
La pauvre fille s'agenouille et prie pour danser à la rue sur le rythme du *sitar*. Elle a fui Sacromonte, sans argent, refusant de se marier. Luisa lui tend un *malabar.* Brahm retient le bras de Luisa, un peu honteux. Il trouve Esma courageuse de rendre plus juste son destin. Il fait l'éloge de sa propre vie d'*exilé* à l'*ashram.* Esma boit ses paroles, très croyante.

Luisa s'ennuie sur le tapis, trouvant Brahm parfaitement trompé. S'il a eu le choix de quitter Grenade, l'a-t-il eu de ne pas s'y sentir adéquat ? Hier encore elle pensait Brahm merveilleux car différent des autres. Mais le *malabar* n'a plus de gout et elle change d'avis. Elle en prend un nouveau. Elle ignore maintenant ce qu'elle fait avec Brahm.
C'est comme si elle ne reconnaissait plus le monde. D'ailleurs, il est si souvent méconnaissable. C'est peut-être pour ça que les autres adoptent des façons de pensées et se confortent dans leurs opinions; pour s'assurer quelques certitudes. Mais Luisa ne sait pas faire.

La *cantina* est remplie d'amis rentrés pour l'été. Les andalouses s'enlacent dans des hamacs à franges; les sandales tombant des pieds; le henné et les bracelets scintillants. Derrière un rideau de perles, des hommes fument dans une pièce aérée de ventilateurs. Luisa se tient à côté du vieux lecteur, près des cassettes. Elle joue de son miroir à main, faisant mine de se regarder. Sa nuque se révèle dans le rond de glace; et puis ses hanches, suivant comment elle oriente l'objet. Derrière elle, les murs sont tapissés, la mettant en valeur.
Elle interprète *Rita,* avec l'accent andalou. *Les hommes sont tous fous de moi. Chacun vient me dire "Je t'aime ! Rita, je ne veux que toi !"* Luisa s'étend

contre le mur, levant deux bras, révélant sa taille. La foule transpire et fait briller son corps. La chaînette de son collier est brûlante.

Luisa traverse la pièce. On la regarde faire. Les hommes fument, nonchalants, prétendant ne se préoccuper de rien. On dirait des animaux qui guettent, en rut. Luisa le sait. Elle ouvre d'un bras longiligne l'immense bac à glaces. Ses joncs glissent de son poignet. Une fraîcheur phosphorescente se dégage, l'éclairant davantage. Elle s'immisce presque à l'intérieur du bac. De derrière, seules ses jambes délicieuses se révèlent. Elle ressort une *helado artesanal* à la bouche.

Alors Brahm se tient à côté d'elle. Il referme le bac à glaces, prétendant que *Rita* devrait se concentrer sur elle-même; réaliser ce pourquoi elle est venue au monde. Brahm a décidé que s'il devait fréquenter Luisa, il lui donnerait un esprit et une conscience. Luisa n'a pas deviné.

D'ailleurs elle rit. Il lui semble que la vie, sert surtout à vivre. Mais Brahm pense que la femme doit se préserver. C'est ce qu'il ferait s'il se réincarnait. Luisa s'esclaffe, la salive sur les lèvres à cause de la *helado.* Elle n'a jamais pensé que l'âme continuait d'être. La matière a plus de chance, se régénérant. Brahm la pense follement détachée. Il est troublé.

Luisa le tire dehors où la pluie brille. Son haut serré laisse apparaître entre deux pans échancrés, un médaillon d'une Marie attaché au nombril. Brahm ne comprend pas pourquoi le porter, si Luisa ne croit en rien. Mais ce n'est pas ça. Luisa s'est déjà faite à la mort d'une certaine façon. Son père est parti il y a tellement longtemps.
Elle ouvre la bouche vers le ciel pour boire après la glace. Brahm la contemple. Quelle divine créature que cette femme ne craignant pas l'eau ni la mort ! Qui est-elle ?

Un bus à pétrole passe au fond de la rue. Luisa fait tourner sa jupe. Brahm la presse. Elle déborde de volants brunis, sur un siège étroit et émane d'énergie.
La foudre ne tombe pas loin, c'est certain. Brahm médite sur son souffle. Son corps entier se contracte. Il pense à poser sa tête sur ces deux fruits et s'évanouir en Luisa. C'est insupportable. Il s'apaise du mieux possible, se rappelant qu'elle n'a là qu'un peu de musc, rien qu'un peu de musc.

## *Gypsy swing !*

Esma fait son thé sur les pavés. Un homme passe et jette de sa *chaquetilla* une pièce de monnaie. Esma boit sa chance et Luisa la trouve différente, originale.
« Tu trouves un sens à ta vie Esma ? »
La gitane recrache la pièce au fond du verre.
« Pas ces temps-ci… »
Selon elle, la vie prend tout son sens quand elle est parmi les siens, à suivre ses traditions et cultiver la foi. Toute seule sur le trottoir, les jours ne servent à rien. Luisa pense à l'arrière de son poster. La vie aurait donc du sens tant qu'elle sert à quelque chose. Mais pour Luisa, c'était un peu bizarre car chaque chose servait toujours à une autre, puisqu'elles s'entraînaient ensemble. Fumer fatiguait, faire l'amour exaltait. C'était simplement des causes à effets.

Comme à son habitude, Luisa laisse ses questions sans réponse et sert du thé dans le même verre. Elle avale la pièce, pour elle aussi avoir de la chance. Elle a maintenant Juan Carlos I dans la gorge et ça, n'a pas tellement de sens, songe t-elle en riant pour faire passer la pièce.

« On a qu'à partir ! » lance t-elle à Esma, en guise de conclusion à l'existence.
« Partir ? Mais où ? » s'étonne la gitane.
« Où ça a du sens pour toi » rit Luisa, curieuse de connaître l'esprit d'Esma.

    Ines empile ses journaux, minuit passé. Luisa enveloppe son *thé* dans du tissu. Elles partent pour les mondaines festivités gitanes où Esma a invité Luisa. Comme Ines est jalouse; elle vient aussi. Luisa inspire le *thé* restant qui ne rentre pas dans le tissu.
À l'aube, le jardin s'emplit d'un nuage violet, recraché par le moteur de la *docker*. Israfil s'est levé. Il tient une carafe en cuivre et une *Marquise* qui fume seule. Les paons s'agitent à ses pieds. Il tend une étoffe à Luisa, couvrant un peigne à dents délicat chiné au *souq*.

Ines prend Luisa derrière elle. Esma attend sur les marches de la basilique, place du marché; dans sa robe bariolée et avec une centaine de cabas. La mobylette défile devant les immeubles grenadines. Luisa peigne ses longues mèches flottantes, les jambes croisées entre Ines bien sérieuse et Esma pressée de sacs. Le voyage a commencé.

« *Yestatamense !* » lance Esma en arrivant.
Un homme se tire de la foule avec le teint halé et de grands yeux noirs. On devine ses cheveux longs sous son turban. Le torse tatoué, dévoilé sous un cardigan sans manche, le cousin d'Esma mime de grands gestes ravis. Ines tend l'oreille lorsqu'elle l'entend parler d'Oran.
Salih défait un paquet de *Pueblo* à rouler. Luisa tend sa paume, devançant Ines. C'est elle la fleur du pays. Ils s'ensorcèlent déjà l'un l'autre de paroles de fumée. Luisa a toujours son ventilateur à goyaves et les rafraichit. Salih a les mains brûlées, bien qu'il fume sans tenir la *sebsi*. Luisa les lui prend et les embrasse. Salih rit, pas vraiment surpris. Il attrape les mèches de Luisa tombant vers lui et les tresse avec douceur. Luisa se laisse faire, penchée docilement comme une jument.

À Oran, Salih gagne sa vie entre autres, grâce à ses chevaux. Il coule en lui du sang de Beni Adès. Il a grandi avec ses bêtes et est fier d'être gitan. Luisa se souvient de ce qu'a lu Israfil un jour. D'après Alexandre Dumas, les Beni Adès étaient un groupe nomade d'Algérie, bohémien et stéréotypé. Alors voilà, Salih sortait d'un livre et il était merveilleux.

Ines et Luisa échangent leur *pesetas* contre une carafe de sangria. Luisa boit sans retenue, étendue

tranquillement sur son étoffe. Ines se demande si elle plait à Salih, retournant la question dans son miroir à main. Mais Luisa s'y reflète, les lèvres goyaves et l'air indifférent.
Envieuse et irritée, Ines se révolte non pas de Luisa, mais de toutes les femmes ! Et de celles qui défilent avec de splendides oiseaux en cage. De son côté, Luisa s'émerveille de la foule de gitanes aux hanches convaincues et bariolées. Elle prend volontiers un paon sur le bras, pour rire.

Le jazz manouche est exquis. *« Que tu vives ici où là-bas. Danse avec moi… »* Les *davuls* — tambour d'Europe orientale — sont soumis aux mains de soie. Les cymbales servent d'éventails. Les *Marquise* s'expriment dans des clarinettes serties. Luisa fait un semblant de claquettes, pieds nus. Les *sebsis* du public allongent les notes. C'est un concert de volupté. Les *si* s'attachent aux fils électriques comme dans des partitions. Salih apparaît, attrape deux notes et les passe aux oreilles de Luisa. Les *Gypsies* ne résonnent que pour elle. Luisa soulève son étoffe au-dessus d'eux pour mieux disparaître. Le monde est magnifié, doré comme le tissu.
« On est où ? » demande Salih.
« Tous les deux » répond Luisa presque avec sainteté.

Salih et Luisa sont projetés dans une citée de cuivre. Luisa y est la dernière femme, brune et rougeâtre. Sa peau est chaude, riche, métallique; sonore. Salih prend le visage de Luisa dans ses grandes mains, retire la patine verte et bleue qui lui colle à la peau à cause de la chaleur. Il perd la vue et la mémoire. Il n'y a plus que Luisa qui existe, dans *Airin* — ville de cuivre andalouse des *Mille et Une Nuits*.

Et Salih tire Luisa derrière une scène inoccupée. Il soulève ses délicates chevilles de joncs, sur un haut caisson vêtu d'un tapis persan. En face, d'autres caissons résonnent. Une large lune d'étain vibre sur un énième tapis.
« La lune aime le jazz ! » s'exclame Salih.
Il sort une fiole d'une soixantaine d'herbes pour s'enivrer. Il détache négligemment la lune de son fond noir, y fait rebondir ses mains comme sur un tambourin. Luisa relève les pans de son jean, continue ses claquettes. Salih perd l'esprit, les mains pleines de bagues frappant l'instrument. Il donne vie à Luisa sur une rangée de caissons. Leurs pieds vibrent. Ils défilent sur des tapis *kilim*, caucasiens, chérifs. Luisa rit follement. Sur le dernier caisson, de grands gramophones jouent un bal, façon rumba. Salih fait danser Luisa. Les gramophones font un jardin de musique, formant des fleurs magnétiques. Luisa est si libre qu'elle semble léviter.

Salih sort un paquet d'*Egyptienne Luxury* de son jean. Dessus, on peut lire *Je ne fume que le nil* et il tend un présent à Luisa : un petit flacon; *Osiris, secrets d'Extrême Orient, Parfumerie Ramses.* Salih recrache sa fumée, Luisa se parfume.
Salih dit que les premières cigarettes manufacturées viennent d'Espagne. On les appelait *cigarrito*, pour leur taille et leur forme de cigales. D'ailleurs Salih assure que les cigales mâles cymbalisent pour attirer les femelles de la même espèce. Luisa se rapproche d'elle-même. Il fait trente-sept degrés.

Ines les trouve là, jalouse et en colère. Elle tend un paquet : *Fatima, The Turkish blend cigarette*, qu'elle a apparement trouvé sur Esma. Des femmes voilées fument délicieusement sur les dessins. Luisa se sert pour s'assortir à Salih. Elle n'a pas compris qu'Ines brandissait le paquet par scandale.
Salih s'en fout aussi. Il continue son histoire. Les cigarettes sont arrivées en Egypte à cause du monopole de l'Etat sur le tabac dans l'Empire ottoman. Ce contexte a poussé les marchands à migrer vers l'Egypte, une terre qui ressemblait à l'Empire ottoman mais sans monopole. Les anglais qui occupaient le pays ont aimé les cigarettes et ont popularisé la marque en Europe. On connaît maintenant les *Camel*. C'est la première fois que

Luisa trouve la géo-politique aussi fascinante. Toute histoire inspire, selon comment on la raconte.

Sinon, Salih pense la vie trop inattendue pour ne pas en profiter.
« Et tu y trouves du sens ? » demande Luisa, déjà excitée de connaître la réponse.
Il penche sa tête, révèle deux lèvres aux cicatrices; conteuses de récits remarquables. Salih est mort trois fois déjà, étrangement sorti de son corps, l'esprit flottant dans un monde blanc. Luisa s'esclaffe, pensant à Brahm qui lui apparaît maintenant si sérieux.
Salih est certain qu'on s'incarne par rassemblement d'atomes et que tout est comme un peu prédit et logique. Chercher un sens ne revient à rien. Il vaut mieux profiter du monde qui nous a été donné. Luisa trouve des yeux nouveaux. Brahm sous-entend toujours qu'hors de son réel, il n'en n'existe aucun autre.
Mais Salih change tout. Il réinvente l'existence. Il dit se foutre de la religion qui trompe et rassure. Il s'en tient au présent. Tant mieux si les autres croient, mais que chacun soit libre ! Et s'il a flotté mort, c'est qu'il avait aussi pris de l'opium… Donc on n'est jamais sur de l'après, ni de rien.

Alors Luisa a des visions. Elle a onze ans. Sa mère délire dans sa berceuse. Ines assure qu'il ne faut pas se laisser aller comme ça. Elle prend Luisa et l'enroule dans un *caftan*. Elle dit qu'à Oran, les femmes sont sûres d'elles-mêmes et de leurs convictions. Elles ne passent pas leur temps allongées.

Mais pour dire vrai, Luisa jouit de la soirée parfaitement détendue, à ne rien faire. Salih décroche une étoile, la passe aux cheveux de Luisa. Et illuminée, elle demande :

« Comment elles sont les filles chez toi ? »

Salih rit. Ses gitanes, comme les musulmanes veulent toutes se marier. Ines trouverait-elle ça approprié ? Elle dit souvent que les femmes doivent être libres et que le mariage est une injonction sociale soutenue par l'église.

Luisa pose deux mains délicates sur les yeux de Salih. Le monde a toujours été pareil, restrictif. Mais pas ce soir. Qu'Ines aille se faire voir.

« Toi qu'est-ce que tu veux ? » interroge encore Luisa.

Salih fait un chignon de ses cheveux trempés et déclare tranquillement vouloir consacrer les dix prochaines années de sa vie à étudier le *rebab* — instrument cordophone de son peuple — et les dix d'après, la sociologie. Luisa rit de son détachement.

C'est la première fois qu'elle rencontre un homme si peu pressé par le temps. Le soir est transcendant, le monde est en train de changer.

Salih pousse Luisa dans une caravane de pénombre. Luisa sent qu'elle pourrait faire n'importe quelle chose maintenant; se gaver de glaces, rire, sortir de son corps sur une bonne rumba. Elle aime déjà Salih. Il change de jean de dos, tire sur son pénis. Luisa le devine. Pour une fois que l'homme vit, sans honte, sans retenue.
Salih s'étend sur les draps. Il reprend la paume de Luisa pour disperser les plantes à rouler. Puis il la prend elle, toute entière, sans ses sandales. Il tire une bouffée. En inhalant, un halo de lumière éclaire un peu la caravane et Salih s'en va faire du thé. Luisa contemple ses mains brûlées qui trient les feuilles d'absinthe et les lingots de sucre, dans une théière. Elle veut ces mains sur elle. Salih réapparaît. Il sert deux verres comme les algériens le font. Au-dessus de Luisa, deux masques africains et un petit portrait de Shiva et Parvati. C'est étrange.

« Tu veux jouer ? » demande Salih, en sortant un *Scrabble* usé de sous le tapis.
Luisa prend sept lettres, dont quelques-unes de l'alphabet arabe. Salih place un premier mot *habibti* — chérie. Luisa complète au hasard, plaçant *haraka*

— mouvement. Les lettres se mettent elles-mêmes à se mouvoir. Le lit tangue, semblant entrer dans une mer de vent. Les masques africains commencent à parler. Shiva et Parvati aussi.
« Chérie, chérie, chérie. »
Luisa est projetée dans de mystérieuses visions, gamine sur un voilier. Les lettres du *Scrabble* se déforment au-dessus d'elle et Salih, les avalant. Les mots s'étirent en monstrueuse pénombre hurlante et étouffante. Il fait moite. Salih résonne de loin :
« Le masque est rituel… On perd conceptuellement notre vie humaine… On devient l'esprit représenté par le masque… C'est un voyage Luisa… »
Luisa est perdue. Troublée. Et la vague passe.

Salih explique mille choses. Il passe de sujets en sujets, avec la même passion. Luisa relève une jambe avec langueur sur l'autre. Ses cheveux prennent la couleur du cuivre. Ses mèches font comme de grandes lianes d'une jungle.
Mollement elle s'étire, fait tourner ses poignets sur du papier pour se rappeler de sa vision. La chaleur s'intensifie dans la caravane. Salih transpire sur un pouf. Il ressent Luisa magnétique et la voit tourner autour de lui. Il s'approche, immisce ses mains brûlées dans sa chevelure profonde de flots bleus et or. Luisa halète sa chanson. Salih passe un bras aux

hanches de Luisa. Elle le laisse faire, cambrant ses seins vers lui.

Leurs corps font un parfait Y, semblable à la langue du serpent. Il lui retire son haut à bretelles. Luisa révèle deux bijoux brûlants d'or et d'abandon. Salih a l'odeur de la nuit. Le corps lascif, Luisa se fait plus fine pour que Salih resserre ses bras. Elle prend ses mains brûlées sur ses bijoux. Parfaitement débridée, elle assure que sa mère l'a faite pour lui. Salih rit du naturel excentrique de Luisa.

« Pourquoi elles sont blessées ? » demande t-elle à propos des mains.

Salih ne répond rien. Il prétend simplement que ça ne change rien à sa magie. Enfant, une grand-mère de vertus lui a coupé les ongles, comme le veut sa tradition gitane, lui conférant les mêmes grâces qu'elle. Luisa rit et c'est la nuit qui s'illumine. Salih ne veut plus parler. Luisa non plus.

Elle glisse sa chaude langue sur les bagues de Salih qu'elle fait briller de salive. Salih sèche la petite bouche exotique de Luisa de son turban. Il s'empare d'un bâton de pluie qu'il retourne. La mélodie d'un déluge d'Orient résonne.

« Chante pour moi » prie t-il alors.

Luisa est cruellement divine; provocatrice par sa simple manière de se tenir et d'être au monde. Salih attrape sa nuque pleine de paroles, entraînant son corps entier sur son bassin. Il la fait onduler comme le rivage chez lui. Il reste immobile, elle s'enroule et chante *Baudelaire* de Gainsbourg, avec la même indifférence dans la voix. Luisa est un poème.

Les mèches sauvages dans le dos, Salih les lui tire en arrière. Il ne distingue plus qu'un triangle formé par le menton quand elle renverse sa tête. Le monde bascule devenant obsidien, cosmique. Les perles des draps se détachent pour orner les nuages. Salih attrape Luisa par sa chaînette d'étoiles et vient derrière elle. Ainsi confondues, leurs silhouettes ressemblent à un parfait *Kamadeva*. Salih est dieu de désir, Luisa à genoux en sublime oiseau.

**Caravane**

Seize heures dans une *cueva*. Un coffre sur un linge blanc déborde de sachets de plantes. À Oran, Salih a une affaire de thé. Actuellement, il attend un colis égyptien de lotus bleu qui vaut de l'or mais n'arrive jamais. Le courrier a peut-être été dérobé. Alors Salih fait d'autres commandes.
Il étale de grandes feuilles et sert un thé déjà fait pour se rafraîchir. Salih roule les feuilles, pour en

extraire leur essence et les laisser oxyder. Luisa les sèche ensuite. La *cueva* est embaumée d'odeurs.

Luisa voit des visages ridés apparaître à travers la fumée. Son imagination est toujours pleine de fantaisie. Salih met les sachets dans de coquets paquets. *Thé absolu, embaumé par la Caravane. Absinthe bienfaisante aux touche d'Orient, édition limitée.* Puis il lève la tête par hasard, aperçoit Luisa moite et rose. Il propose subitement d'aller à la rivière. Luisa l'adore. Il est si spontané.

La mobylette dans le sable, l'étoffe étendue; Salih et Luisa fument sur les mêmes *Fatima*. Ils ont maintenant trop chaud. Salih prend place en tailleur sur un nénuphar. Il sort un *bendir* — instrument à percussion maghrébin. Luisa chante la *zambra maure* — chant de flamenco — puis *Nuit d'Alger* de Baker. Ines ne se plaint plus. Si Baker fut l'idole de *Revue nègre,* elle bouscula aussi l'esprit colonial de Paris.

Salih et Luisa, se posent moins de questions. Pour eux, le monde est défait de contraintes. L'obscène et le sacré s'incarnent sur la même pièce de centime et le centime est doré. Ils dansent le *charleston* presque nus, n'arrangeant rien à la chaleur. Luisa se demande; devons-nous vraiment êtres responsables de chacune de nos actions ?

C'est si bon d'être avec Salih. Il se fout des chansons qu'ils écoutent tant qu'il peut y bouger en rythme. Il fume à n'importe quelle heure. Il aime Luisa en jean, en mini-jupe, innocente et aussi exubérante. Il n'est pas bridé par la société, ni par les règles de la rébellion. Il prend les seins de Luisa, avec Esma qui dort à côté. La *ghagra* de Luisa vibre de plaisir. Tous les motifs s'animent quand Salih passent ses mains sous la jupe indienne. Et c'est l'Inde entière qui émerge sur le corps de Luisa, chaude et chaotique. Luisa devient l'ailleurs; l'inconnu dans lequel plonger.

Luisa a soif. Salih remplit son délicat bang d'eau et la fait boire. Il lui rafraichit aussi les mèches. Luisa porte la *gahgra* aux hanches. Elle n'a que ses cheveux pour cacher sa poitrine. Salih a quatre bras grâce à son reflet. Assis sur sa fleur, on dirait un parfait *Shiva* bleu de fumée. Il est plus hindou que Brahm, plus spirituel sans même chercher à l'être. L'après-midi est un tableau de Goya.

Il y des soirées à âme. Un plateau de sable, des tentes tranquilles de soie, un bleu-mauve dans lequel s'incarner. Salih a les pieds nus et brûlant de résine. Luisa le contemple s'accroupir, se relever, contracter ses muscles. La marmite est verte sur la bonbonne de gaz. Tout est tellement simple. Le jazz arabo-andalou tourne au festival. Les draps du fil à linge font comme les rideaux d'une scène.

Luisa se sent prise d'une énergie vermeille, dorée, ondulante. Elle s'élance entre les fils entièrement nue, se faisant deviner de son ombre plus exubérante que la réalité même d'autres femmes. Elle se tord dans toutes les lettres de ses chansons. Elle prend la forme du M, les hanches dans le sable, les cuisses insolemment relevées sur ses seins, les bras en arrière.

Elle imite le Z, à genoux, les jambes derrière elle, les bras tendus devant sa douce face. Salih ne rêve que de lui faire l'amour sous un ventilateur, lui y coincer les cheveux qu'elle ne puisse plus s'agiter et qu'elle ne prononce aucune autre lettre que celles de son prénom à lui.

Luisa réapparaît devant le fil à linge. Elle a trouvé un masque de paon au festival et le passe à Salih. Il prend un appel pour *Air Algérie* au même moment. Dans leur monde, les paons travaillent pour les compagnies aériennes et c'est beaucoup plus amusant que le réel habituel.

Plus tard dans la caravane, Salih sort un récipient en cuivre, martelé par les gitans de Sacromonte. Il ouvre un sachet *d'iboga*. Il a trouvé la plante l'an dernier dans un voyage en Afrique centrale; depuis il a fait sécher la racine et l'a moulinée. Il remplit le cuivre d'eau brûlante.
« *Romi*, tu as déjà été dans le monde des esprits ? »
Luisa rit. Salih dit que des cousins bwiti utilisent la plante pour des initiations spirituelles. Elle pourrait donner une nouvelle vie à l'esprit, en liant des circuits neuronaux particuliers. Luisa n'a jamais rien entendu de si fascinant. Salih prouverait donc que le réel est multiple.
Elle tend sa bouche pour boire. Et par hasard, Luisa philosophe sur le Soi et son inexactitude. Sans père, elle ne sait pas vraiment d'où elle vient dit-elle en jouant des peaux oranges du fruit. Salih s'allume une *Fatima*. Il pense que ça n'empêche pas de vivre. Luisa l'embrasse tièdement. Elle adore sa manière détachée de réagir aux événements. Salih fait une prière.
« *Mi dios que belleza* » dit-il en contemplant la nature de Luisa.

Il la révèle. Luisa aime sa religion, qu'importe ce qu'elle est. Brahm disait qu'il fallait trouver qui on est, mais en fait ça ne veut rien dire. Luisa adore les glaces à l'eau, l'été elle est encore plus exubérante,

et elle rêve toujours beaucoup. C'est assez pour parler d'un Soi.
Salih attrape un sublime caméléon qu'il a chiné au *souq*. Il place le reptile sur le crâne de Luisa, la déclarant sultane pour s'amuser. Si Luisa s'ignore, elle peut être n'importe qui. D'ailleurs, on dirait qu'elle est peinte; nonchalante sur le divan. Elle se regarde dans un grand plateau d'argent.
« Et toi tu es qui ? » rit-elle.

Salih jette un regard autour de lui et prend ce qui lui vient sous la main.
« Soliman le Magnifique » s'exclame t-il, un oignon blanc sur la tête en guise de nouveau turban.
« C'est vrai que tu es magnifique » et Luisa s'attache à son cou.
Mais Salih retire l'oignon et explique à Luisa l'histoire de Soliman. Sultan, il prit l'Algérie dans l'Empire Ottoman. Il la défendit contre les espagnols. Il lui retira aussi une partie de son autonomie. L'histoire était double et constamment changeante.
Luisa est pensive. Elle porte elle-même l'oignon, voir à quoi ressemblent les Magnifiques qui font le bien et le mal. Elle ne voit pas la différence. Tout ce qu'elle sait c'est que Salih est passionnant. Il connait tout sans en savoir trop.

« Dernière édition Coco Chanel » s'exclame t-elle alors, oubliant la politique.
Salih rit. Il dit que les premiers chapeaux sont apparus sous la forme de coiffes, à Thèbes. Luisa s'intéresse. Mais elle ne connait rien à l'histoire et a trop le coeur à s'amuser. Elle chantonne *Qui qu'a vu Coco* et Salih s'esclaffe.
L'*iboga* fait son effet, amplifiant les vibrations. Luisa veut maintenant ramper vers Salih; se confondre au sable de sa peau, étendre le Sahara.
Elle défait ses tresses. Des rubans d'ébènes tombent sur le tapis. Elle est muse. Elle est fête. C'est l'été dans une caravane d'Afrique. Luisa s'ennuie rien qu'à l'idée de retrouver bientôt Brahm.
Peut-on vivre deux fois l'amour en même temps ? Où l'un révèle t-il ce que l'autre n'est pas ? Et si Luisa n'avait jamais entendu parler d'amour, serait-elle amoureuse ?

Salih et Luisa sortent de la caravane, se bousculant derrière le fil à linge. On ne distingue que leurs têtes à cause des vêtements étendus. Salih se profile dans un *jabador* bleu suivi de Luisa dans un drap d'ambre. Puis c'est elle dans le *jabador*. Salih s'avance dans un *gandoura* pourpre.

Le défilement des couleurs fait comme une dernière traînée de jour avant qu'il ne fasse tout à fait nuit.

**Chichis**

Luisa retrouve Brahm sur le trottoir. Mais comment lui dire cette lune andalouse sur un vieux caisson ? Esma a tout répété du romantisme de Luisa pour Salih. Brahm n'en est même pas jaloux. Il pense Luisa impulsive, l'humeur changeante. Il a son *sitar* d'ennui entre lui et les autres réels. S'il est d'abord apparu différent, il est en fait comme tout le monde. Il était exaltant juste parce que Luisa l'imaginait comme ça.
Mais lorsqu'elle danse, qu'elle rit, qu'elle bouge; il s'empourpre comme les grenades de la ville laissées trop longtemps au soleil. Il prétexte que ce n'est pas juste de faire autant de *chichis*. C'est toujours la même chose, songe Luisa.

Petite, elle trouvait Ines resplendissante d'idées. Mais la tendance a été de faire de plus en plus de politique et Ines s'est fermée à toute la fantaisie de la vie. Brahm est pareil. Sa spiritualité est une apparence. Grenade entière se donne un genre. Luisa se trouve plus libre que les autres et pourtant elle ne fait rien pour.
Quand Esma danse le flamenco avec ses volants remontés sur les cuisses; Brahm ne dit rien. Elle est pourtant si exubérante. Mais Esma est venue au monde pour ce destin, parait-il ! Cela lui donne une

sorte de justesse naturelle. Faut-il que le monde soit si strict et être née gitane pour danser le flamenco ? Brahm médite en sage exemplaire sur son tapis. Luisa soupire sa *Marquise*. Où est Brahm ! Où est-il en lui ? Et où sont tous ces autres convaincus d'eux-mêmes ?

Esma n'arrange rien à la situation. Elle assure qu'il faut oublier Salih, révélant sa nature imprévisible. Salih pourrait se sauver du jour au lendemain, avoir une nouvelle passion et tout laisser.
Mais Luisa rêve à travers la cigarette et une fumée de réminiscence recrée la magie de l'homme rencontré. Elle épaissit l'irréel et il devient tangible. Et pourquoi faut-il aimer seulement des hommes prévisibles d'ailleurs ? Luisa baille. Elle est certaine d'un autre monde, entre Grenade et le céleste. Parmi les esprits serrés; un réel sublime, aérien, où flottent librement ses visions.

Esma se méfie de Luisa avec le temps. Elle la trouve excentrique; sûrement à cause de ses fréquentations. Elle prétend qu'Ines n'a que ses tendances progressistes pour s'incarner et qu'à vouloir libérer le monde de ses lois, comme l'Occident le fait; Grenade perdra son âme et son esprit.

Ines retire les cassis des cheveux de Luisa. Elle ressemble trop à une gitane. Il vaut mieux oublier le festival. Israfil est soudainement d'accord avec sa soeur. Il sert du vin à Luisa, qu'elle ait autre chose que Salih à la bouche. Ines et Israfil semblent toujours révoltés par l'exclusion des algériens, mais ils se fichent maintenant de celle des gitans. Le peuple est pourtant marginalisé.
« Mais lui ne veut pas s'intégrer, il est arriéré ! » soutient Ines.
Il parait qu'ils se fichent des droits des sociétés. Ils souhaitent rester entre eux. Elle dit même que les gitans vendent leurs femmes ou les font mendier le corps nu pour inspirer au don. Luisa n'a rien à répondre. Elle ne connait pas le peuple de Salih. Tout ce qu'elle sait, c'est qu'il est impossible de comprendre le monde par deux petits yeux sombres.

Pourtant, Ines pense que Luisa devrait aimer un homme plus respectable, quelqu'un d'engagé par exemple. Israfil voudrait qu'elle l'aime lui. Il l'apaise d'un éventail, qu'elle ait les idées claires. Mais Luisa tourne le volume de la radio, derrière les verres de ponch et elle change d'expression à chaque nouveau battement d'éventail.
Elle apparaît d'abord les cheveux relevés, puis la bouche ouverte et le corps entier droit. Elle subit une transformation. La *cantina* devient festive. Larbi

ordonne de baisser la rumba, Ines de l'écouter. Israfil agite plus vite l'éventail mais ça ne fait qu'accélérer la métamorphose de Luisa. Le monde entier est sérieux à mourrir et indéniablement égoïste; c'en est assez !

La concierge prie le même dieu que les gitans mais insinue qu'ils n'ont rien à faire à l'église, étant trop pauvres pour avoir une tenue décente. Et sa télé le dit aussi, branchée sur les infos.
C'est le printemps le plus chaud jamais enregistré et les gitans sont des délinquants, des voleurs, des mendiants, des mystiques, des sauvages, des marginalisés…
Mais Salih était merveilleux ! Il était merveilleux. Luisa allume les ventilateurs et fait résonner son ennui grâce aux courants d'air. Luisa est libre. Elle n'a pas besoin de créer sa réalité d'opinions. Elle hurle par-dessus les voix jusqu'à agrandir la *cantina*, que le monde soit moins à l'étroit.

**Samedi**

Nouvel an. Luisa a sept ans. Elle se tord dans le salon devant les *fiestas* parisiennes. Rizlane s'est endormie. La télé vibre. *Une femme, tout à la fois amie, muse… Ce que je sais c'est que je l'ai aimée dans une sorte de cruauté qui rejoint le divin…*

*Transgression du sacré, ultime plaisir… J'ai rêvé d'une femme belle, entièrement nue qui se balançait sur un trapèze… Le sexe serti de diamants… J'aime l'amour. J'aime la vie.* Puis les danses grésillent et s'éteignent. Luisa se retrouve la natte attachée au fer forgé du lit.

Elle repense à ce souvenir, suivant paresseusement Brahm à la supérette. Mais qui l'avait punie dans cette chambre il y a longtemps ? Dans le fond, elle songeait que c'était son père, mais qu'est-ce que ça pouvait changer de le savoir…

Brahm échange cinquante *pesetas* pour une ou deux figues et il les ouvre avec précaution.
« Ça va pas ? » fait-il en voyant Luisa.
« Je pense à mon père, c'est tout. »
Alors Brahm s'engage dans un long discours. Il pense naturel de vouloir révéler nos racines. Cela permet de mieux s'incarner. Luisa s'ennuie de ce qu'il dit. Mais au moins ça change des pensées d'Ines. Elle soutient toujours que Maurice a laissé Rizlane car il manquait d'autant de valeurs que les autres pieds-noirs. Quitter une femme pour une terre qu'on a volé est une sorte de double-pêché selon elle…

Luisa goute la deuxième figue. Elle a les mains foncées, les lèvres assorties et pleines de grains. Le violet du fruit lui reste en délicates petites taches sur celles inférieures. Elle tend son menton à Brahm, s'amusant à le provoquer. Elle lui propose là l'occasion de changer un peu, mais il reste fidèle à lui-même, strict et saint. Il retient son visage avant qu'elle ne s'approche trop. Alors Luisa chante pour ne pas entièrement s'ennuyer. Tenue par la bouche, on dirait une délicate mésange. Délicate mais ensorcelante.

Sinon, elle tire toute la journée sur ses *Marquise,* inventant un palais de fumée dans lequel exister. Mais Brahm n'entre pas, refusant de l'aimer à cause de l'euphorie du tabac. Il ne veut d'elle qu'au trottoir, indifférent aux luxures. Luisa n'insiste pas. Son fantasme est perdu.
Mais il lui reste Salih. Lui est réel. Elle le préfère, avec ses grands bras qui l'ont tirée de la morale et portée à des réalités supérieures. Elle jouit des deux mille boutiques, des *Bab* des citadelles et de tout Gibraltar qui les séparent… Le magnétisme entre eux est tellement fort.

Luisa joue de ses douces jambes, étendue sur le ventre devant la télé. Sa mère parle de Maurice. C'est vendredi. Elle a refait du thé; même scène. Les

quartiers de citron flottent comme d'habitude. Ils en sont énervants. Et *Om shanti shanti shanti* à la radio hypnotise encore. Luisa joue de son pendant en lune au cou, pensive. Elle tente alors une approche.
« Moi aussi je suis amoureuse maman. »

Rizlane se balance dangereusement sur sa berceuse. Elle dit qu'il faudra se marier ! C'est ce qu'elle a fait quand elle a connu Maurice. Elle demande ce que Salih imagine pour le futur. Luisa n'a rien à répondre. Ils n'en ont pas parlé.
Tout ce qu'elle imagine, c'est que si Salih était là, il aurait déjà descendu son thé et ils auraient dansé dans le salon. Rizlane soulève sa tasse fleurie, expliquant qu'elle l'a reçue dans le service de mariée. Elle avait bien pensé tous ses cadeaux.
« Mais qu'est-ce que voulaient les filles à ton âge ? » demande Luisa.

Rizlane prend l'air songeur. En 50, son père ambassadeur l'a emmenée à Delhi, échappant à Franco. Rizlane n'a jamais vraiment eu une adolescence comme tout le monde. Mais il parait qu'à Grenade, comme à Delhi, les filles voulaient être mères et épouses. Aujourd'hui, les grenadines souhaitent la justice sociale et même le droit de ne jamais être mère ni épouse.

Luisa songe à ses aspirations, mais s'évanouit de fatigue. Le monde entier lui paraît incohérent, sans dessein. Si Brahm trouve sa place grâce à la foi et Ines à la politique; Luisa ne se situe pas. Les discours d'idées sont des histoires pour elle. Et dans le fond, la vie c'est juste la vie. Elle passe, on y connait l'amour et le malheur et ça parait suffisant.

Mais c'est un grand samedi prétend Ines qui tire Luisa à la rue. Elle tient sa banderole de manifestation tellement large autour d'elle, qu'on dirait un nouveau *caftan*. Elle se profile en tête du cortège, suivie d'un million de jeunes bariolé et joyeux. Brahm est venu pour soutenir la cause; même s'il trouve ridicule d'avoir six banderoles pour chaque parti qui proclament toutes le même message !
Luisa s'est recouverte de jasmin; sa manière de défendre la paix dit-elle. Brahm la trouve ravissante. Ines s'impatiente de sa constante naïveté. Mais les banderoles ondulent comme des vagues de soie et Luisa repense à Salih sous cette mer imaginaire de lettres animées. Elle jouit du rassemblement. La foule se déploie. Les hommes se serrent. Luisa peut sentir leurs peaux suantes, leurs corps tendus de rage. Les mains se frôlent. Les rues sont brûlantes.

Luisa chante, s'enroulant aux hommes, se tordant dans les bras ouverts. Ses hanches se pressent au hasard contre d'autres qui avancent. La marée humaine l'excite. Luisa aime la politique, quand la politique transpire de vie. Elle se profile devant les banderoles, dansant comme les lettres. Sa peau matte est mise en valeur, ses cheveux bruns sont parfaits. Elle chante librement et pour une fois, Ines a bel et bien raison; c'est un grand samedi.

**Bijoux de vingt-neuf sous**

Esma repose sur un fauteuil coloré, sur le trottoir sale. Elle a les pieds nus bleutés par les rues, avec ses bijoux de vingt-neuf sous. Les brocanteurs sont en grève, révoltés par l'augmentation des taxes sur leur activité. Ils ont laissé leurs antiquités à la rue, en protestation. Alors Esma est sous une lampe à fils, redressée sur ses piles de volants. Elle fait asseoir Luisa sur un riche tapis d'oiseaux.
« Il fait trop chaud » dit-elle en agitant un bel éventail.
La télé qu'elle a récupéré, parfaitement d'époque, annonce : *Cet après-midi, nous subirons une vague de chaleur de quarante degrés; c'est affolant !*

Luisa s'en ravit. Il lui semble que quand il fait si chaud, l'esprit des hommes est différent, bizarre. Et Grenade parait plus libre.
Elle s'est même mise en jean pour l'occasion, histoire d'avoir encore plus chaud et d'intensifier l'été et sa folie. Elle propose néanmoins d'aller prendre le bus pour s'aérer. Mais Esma ne veut pas y croiser Ines qui les envahit pour y distribuer ses affiches, comme ses banderoles n'enveloppent pas les gitans et que son féminisme n'est bon que pour les occidentales…

Esma avance une petite roulotte sur les pavés, sert une tasse et se la renverse dessus.
« Viens-là, t'as chaud aussi ! »
Elle bénit Luisa; continuant son discours. Les gitanes sont fières de respecter leur devoir. Vouloir les mettre au travail n'est qu'une façon de les asservir, même si Ines prétend que c'est là l'indépendance. Esma soutient qu'Ines a tord de tourner le dos à sa religion. Ce qui est juste pour les grenadines ne l'est pas forcément pour les oranaises et ça, Ines devrait le savoir. Finalement elle est aussi ethnocentrique que les autres.
Selon Esma, parce qu'Ines est politiquement engagée, elle se pense plus au courant du monde que ses sœurs au pays. Elle voudrait les sauver, mais elle se trompe. C'est ridicule.

« Ne change pas Salih » prévient Esma, renversant une seconde tasse sur Luisa, pour rien.
Luisa a la tête trempée et des idées lui apparaissent. Pouvons-nous changer les autres ? Qu'en est-il de leur nature ?
D'ailleurs au local, Ines affirmait que le féminisme devait adhérer à des principes universels pour profiter à toutes. Luisa soupire, Luisa oublie. Elle contemple les bijoux dorés qu'Esma passe au cou des oiseaux. L'humain se montre si sur de lui, quand il est certain de qui il est et les oiseaux s'en fichent. Ils brillent ou ne brillent pas. Ça ne leur fait rien.
Salih au moins est un homme libre. Il est celui dont Luisa a toujours voulu. Il l'avait transcendée sans même lui dire de quel monde il venait. Tous les oiseaux s'envolent.

Luisa fait ses yeux à genoux sur le tapis *sisal*. Elle a les jambes marquées par les motifs. Israfil lui tient le miroir d'un bras puis d'un autre, à cause des crampes et distrait par ce corps lacéré de fleurs d'osier. Il l'imagine fertile, nourrissant. Il voudrait le trouver, le sentir, l'arroser. Chaque été c'est pareil, c'est insoutenable. Le soleil s'étend sur Grenade depuis l'Afrique et Israfil se sent n'être bon à rien. La politique ne le stimule plus. Il n'a que Luisa en tête, la moiteur de ses fruits et ses lèvres brillantes de gloss. En nihiliste, il songe que par moments, la politique est juste pour se sentir un peu là; et se dire qu'il fait quelque chose de sa vie.

Ines apparaît dans ce spectacle silencieux, le journal à la main. Elle prend le visage de Luisa, déchire un carré de papier et lui retire son maquillage. Elle brandit l'article féministe.
Se maquiller est une injonction et il faut arrêter. Luisa s'étonne. Elle a toujours aimé voir sa douce face pleine de couleurs. Et elle se fout pas mal des injonctions, tant qu'elles lui plaisent ! Elle ne dit rien, songeant que le mois suivant Ines pensera sûrement qu'il faut se réapproprier le maquillage. Luisa pourra faire ses yeux en paix.
Mais Ines rabâche. Cet été d'ailleurs, il est hors de question de se laisser aller. Il faudra faire pression contre la société plus que jamais. Pour ça, toutes les filles prévoient de se faire la coupe à la garçonne et de manifester. D'ailleurs, on ne pourra plus dire coupe *à la garçonne.* Ça ne veut rien dire. Luisa prend des notes derrière son poster, tentant de comprendre ce qui se dit et ne se dit pas. Mais elle refuse de couper ses cheveux, même pour la bonne cause. Ines la trouve égoïste.

« Ce serait tellement indécent d'imiter la mode française ! » avance malignement Luisa pour défaire l'argumentaire d'Ines.

Ines fronce les sourcils. Luisa se lève, s'allume une *Marquise* à la persienne du salon; les jambes croisées. Les fleurs se rassemblent sur sa peau. Elle dit que c'est dans les *Années Folles* que les filles ont commencé à se couper les cheveux. Elle soulève ses mèches pour mieux ressembler à une sorte de Jeanne Lanvin et elle s'esclaffe.
Israfil ne tient plus. Il trouve Luisa si insolente. Il voudrait soulever lui-même ses mèches de cheveux et trouver la tiédeur de son sexe.

« Souris, veux-tu chérie ! Nous allons au *Roi Mirage* ! »
Luisa soupire. Il faut se couper les cheveux, sourire, sortir. Luisa se fout de toutes ces obligations. Israfil apparaît de la cuisine avec du *Tropico*. Il sert un grand verre à Luisa, qu'elle se rafraichisse. Rizlane dit que Maurice les attend pour trois heures au café. Comme Rizlane vit dans un monde fictif et qu'Israfil connait le penchant de Luisa pour l'imaginaire; il invente de charmants mensonges. Pour rire.
Il prétend que sa grand-mère est couturière au Moulin-Rouge et qu'à la belle époque, elle habillait l'idole Kiki. Un jour, elle aurait retrouvé dans les poches de la star, d'indécents imprimés. Il sort un exemplaire du *Kama Sutra* chiné en réalité au *souq*. Il le tend à Luisa. Les femmes y sont brunes, aux brillants dans les cheveux.

« Elles te ressemblent » dit-il comme pour insinuer quelque chose.

Il l'emmène à la salle de bain, boire de l'opium. Le perroquet vole, chantonnant *Les Sucettes*. Israfil parfume Luisa, prenant l'air parisien pour se moquer de Rizlane.
« *Belle Marquise, vos yeux me font mourir d'amour !* » cite-t-il.
Israfil profite de l'esprit libre de Luisa pour la resservir en parfum. Luisa ne sait même plus ce qu'elle boit. Le *Tropico* est rose sous son palais ! Elle rit. La boisson lui monte à la bouche et déborde. Le perroquet est aux ordres d'Israfil. Il chante en séduisant : *Lorsque le sucre d'orge… Coule dans la gorge… Paradis…* Luisa a trop chaud.
Elle retire son petit haut. Là voilà seins-nus, assise sur la *nasride* de la coiffeuse. Israfil lui tend une vraie sucette, par hasard, par magie. Luisa la trempe dans sa boisson, ravie et inconsciente.

« Hm hm. Pourquoi la bureaucratie a-t-elle changé l'Algérie ? »
Israfil imite sa soeur, montrant que le monde est tellement étouffant avec elle et qu'ils sont mieux quand elle n'est pas là. Luisa le trouve hilarant, plus libre que d'habitude. D'ailleurs, il demande à la dessiner nue. Il n'a jamais osé. Il la veut comme

dans le *Bain Turc* d'Ingres. Luisa serait si belle, parmi d'autres muses, les bras innocents sur sa tête molle. Il la parfume d'un nouveau flacon, la rendant plus subtile et l'imaginant. Mais une coquette étiquette indique *Eau de Cologne d'Orient* et Luisa sent une présence masculine, au-delà de celle d'Israfil qui la distrait.
Son père est là, dans la pièce. Le perroquet a les plumes trempées à cause des litres d'arômes déversés. Il ne sait plus chanter. Luisa passe son étoffe et s'échappe.

    Luisa prend un bus, au hasard et sans raison. Enfin parce qu'il y a l'air conditionné et qu'elle peut s'y reposer. Elle fait trois tours de Grenade. Pourquoi rien ni personne ne la transcende jamais ? Elle n'attend pas la grande vie pourtant. Luisa se fout de passer l'été ici. Les télés à travers les persiennes ne la dérangent pas. Grenade ne l'ennuie pas, mais c'est le réel des autres…
Israfil n'avoue pas son amour depuis leurs douze ans, c'est devenu tellement normal d'être supérieure à lui. Ils pourraient s'amuser, jouir de la chaleur, prendre le thé nus dans la chambre. Mais il ne dit rien. Et sa soeur parle tellement.

L'air passe à travers les portes du bus. Bouffée de chaleur. Et à nouveau la climatisation. Des couches d'airs se rencontrent. Luisa se dit que les autres pensent trop, à ce qu'ils doivent dire, à ce qu'il pourrait arriver et au final ils passent leur vie dans un réel imaginé. Luisa est rêveuse, mais elle songe vivre dans le « vrai monde » s'il y en a un…

Le bus sort de la ville. Elle descend quand elle en a marre. Un séchoir apparaît. Le boutiquier tend deux mains derrière une rangée de plantes suspendues. Il sort, baignés de lumière, des coffres d'herbes aromatiques. Les nuances sont plus ou moins robustes.
Luisa aimerait trouver des *bidies,* ces petites cigarettes indiennes en feuilles roulées à la main avec un fil coloré. Mais le boutiquier n'a que ses *Fortuna* à la bouche. Les cigarettes ont été lancées dans le pays, alors ! La consommation locale est essentielle dans un monde de plus en plus impérialiste. Luisa regarde les deux paquets — première et seconde édition.
L'un affiche un lit défait, avec des plantes autour et l'autre de grands tambours de fêtes. Luisa goute aux deux. On ne sait jamais… Mais elle cherche l'odeur de Salih et elle est plus subtile. Luisa flâne dans les allées de plantes, pleine de flegme. Les parfums confondus font des formes et des nuées.

Soudain un courant d'air passe, rassemble la brume et l'élève. Luisa voit alors apparaître l'homme désiré, difforme et merveilleux, en gestes de tabacs.

Salih sort du coffret comme un génie d'odeurs. Luisa hallucine dans son monde de fantasme. Elle n'est pas dérangée des mirages. Donc elle se dit par moments qu'elle ressemble vraiment à sa mère. Alors son comportement est héréditaire ou simplement adopté par imitation; en tout cas elle adore ses visions.
Salih est là, la peau bleue, brulante. Il se fiche de trouver un sens au monde; il le vit simplement. Et dans le réel de Salih, Luisa jouit de liberté.

**Nanana**

Que songe Larbi de l'amour qui va et vient, comme les gestes de vaisselle ? Il a l'air seul. C'est sûrement intrinsèque à l'homme. Sous le crâne de taureau, Ines révise son assemblée générale, les lèvres pleines de savoirs, les cheveux foncés d'idées. Ines appartient à son parti, à son Algérie.
Mais peut-on se sentir appartenir à un homme, si l'amour nous a révélés ? Luisa pense à Salih. Larbi tend un verre de *Shiraz*. Il n'a pourtant jamais eu l'air de comprendre Luisa. L'été s'amène. Peut-être que lui aussi voudrait fermer la *cantina* et vivre

d'amour. Luisa passe sa langue sur la pellicule fraîche, rêvant déjà d'un été libre.
Mais Ines brandit soudainement son journal. La retraite est repoussée. Il faut manifester samedi. Elle fera imprimer dès demain des contestations. Luisa en distribuera à chaque boisson servie. Luisa s'en fiche… Si ça plait à Ines, elle, ça ne lui change rien.

    Ines rassemble Grenade dans son modeste jardin. Luisa doit emmener Brahm, qu'il s'ouvre l'esprit car il parait individualiste aux yeux des autres. Luisa est plus ou moins d'accord, mais ne trouve pas que ce soit bien ou mal. Donc elle se repose sous la fumée d'actualités.
Brahm, lui, se redresse sur son pouf et exprime une critique élaborée, repoussant la fumée.
« Pourquoi protester contre la retraite quand on peut sortir du système du salariat… » commence t-il.
Les filles défont un pan de leur vêtement pour écouter. Selon elles, Brahm fait trop dans la bourgeoisie. S'il s'est enrichi en Inde c'est qu'il en a eu les moyens.

Luisa joue des imprimés du *Kama Sutra* qu'Israfil lui a donnés. Les dessins sont extravagants; des seins parés de perles, des bouches ouvertes de plaisir. Pour l'instant, Brahm défend ses idées. Il insinue que le vote est un mirage; que c'est la foi qui l'a sauvé.

Luisa se perd dans le jardin luxuriant des imprimés, dans le rouge et l'or. Tout son corps vibre. Elle se réveille alors, exaltée par la tension.

Il y a au rassemblement de fervents athées; des chrétiens et des musulmans. On dit que Brahm est fou. Ses multiples dieux venus d'Inde, appartiennent à un monde bizarre et étranger. Pas de lotus à Grenade, ni de paix. Le vent souffle et les imprimés s'animent. Ça y est, les petits personnages bleus et oranges font l'amour; là parmi la foule. Les encadrés se révèlent.
« Les devoirs de la femme mariée… » lit Luisa.
*Elle doit se lever tôt, avant son mari, et aller se coucher après lui. Elle doit toujours se comporter avec modestie et respect. Elle doit s'assurer de toujours garder son mari satisfait et heureux.*

Alors Ines devient rouge elle-même. Luisa rit dans la cohue hurlante, juste pour se joindre aux cris. Chacun sa politique, Luisa ne s'en préoccupe pas tellement. Mais cette fougue qui s'anime est trop bonne. Luisa jouit du moment. Brahm la fait taire alors qu'elle cherchait innocemment à avertir les autres sur son Inde adorée.
De toute façon, tout le monde s'en fiche. Les andalous demandent de chanter une prière, les arabes une autre. Luisa fait les deux et scandalise.

Toujours pareil, mais elle s'en fiche. Elle ne voit aucun intérêt aux débats, si ce n'est qu'il y a de la vie dans ces après-midis.

Luisa tire Brahm en aventure; agile sur les échafaudages. L'étoffe lui tombe des épaules, allongeant sa magie. Elle indique les toits.
En haut, un tandem. Brahm contemple la vue pourpre et Luisa sur le tandem, aux fines bretelles avec les seins qui se tiennent eux-mêmes. Il fait tourner les roues et joue sur les rayons une mélodie pour s'apaiser. Luisa s'allume un *bedo*.
Mais Brahm songe la fumée aussi illusoire que la politique. Alors Luisa lui tend la *cigarette*, le provoquant malignement puisqu'il est si libre. Brahm vexé, tire contre toute attente une bouffée. Ses visions s'agrandissent et se magnifient.

Luisa a les cheveux noirs qui descendent sur ses seins comme la nuit descend sur terre. Et Brahm veut s'évanouir en elle; qui est si vaste et mystérieuse. Luisa le surpasse. Il ne peut plus lutter. Il a l'eau à la bouche, embaumée de plantes. Luisa flotte dans son esprit. Elle ondule les mèches en désordre, pleines de noeuds envoutants. Elle est si brune qu'elle n'a pas d'ombre. Elle ne craint pas le soleil. Elle le défie, le soulève de sa tendre échine faite de colliers. Dans ces moments, elle semble éternelle. Elle a vingt-ans pour toujours.

Pourtant l'été s'amène. Ça y est, les télés surchauffent et on se brûle les pieds sur le bitume. Les factures s'accumulent sur la *zellige*. Luisa part à l'aube à la *cantina*. Elle s'en fiche. Elle aime le mauve du matin.
Sa mère s'est évanouie devant *Banana Split*. Luisa chante derrière le bar. *C'est un amour de dessert, na, na, na.* Les amis de Larbi apprécient le spectacle. *Ça me déplairait pas que tu m'embrasses, na, na, na.* Larbi la renvoie pour la journée. Luisa n'est pas contrariée. Elle trouvait la chanson plaisante et Larbi pense autrement, c'est pas grave.

Du coup, elle s'étourdit au grenier, un voile attaché aux oreilles. Son fin visage tient sur une main dorée de bijoux. Luisa est dans son monde. Israfil appelle pour prendre de l'opium, Ines pour penser politique. Luisa se met nue. Le voisin la matte d'en face, l'agrandissant derrière son verre de *Marruecos*. Il la retrouve dans sa chambre et repasse la chanson. Comme Luisa s'ennuie et que l'amour lui plait, elle se laisse faire. *Si tu cherches un truc pour briser la glace, na, na, na.*
L'homme soupire; il revient de l'armée. Il dit être chanceux de finalement se reposer avec une petite

voisine si charmante. Luisa tient le ventilateur à goyaves. Ines rappelle. Si elle savait que Luisa se donne à un militaire ! Mais Luisa ne juge pas les hommes par leurs actions. En fait elle ne les juge pas du tout. Elle trouve de quoi s'amuser avec la plupart d'entre eux.

Enfin, l'esprit curieux, elle demande néanmoins :
« Tu es nihiliste ? »
Le militaire n'est pas très philosophe, il ouvre la bouche sèche de mots. Luisa y laisse des baisers savants. Elle dit que le nihilisme c'est comme ne pas penser le bien, ni le mal. Le militaire n'y a jamais réfléchi.
Luisa n'est pas surprise. C'est aussi vrai que dans Grenade bienpensant, des centaines de gens ne pensent pas du tout. Luisa demande s'il est alors existentialiste. Mais l'homme reste muet, béat. Étrange miliaire qui ne pense pas à la nature de ses actions, songe Luisa un moment et puis…
« Faisons l'amour » dit-elle.
Parce qu'Ines l'ennuie après tout, comme Grenade entière. L'homme ne se fait pas prier. Il prend Luisa et laisse sur ses lèvres un peu de crème entière. *Na na na. Banana split.*

Les rues brûlent tellement que personne n'y passe. Esma se fait de l'ombre des faits-divers, le

journal ouvert comme un éventail. Les vols de sucettes sont fréquents depuis plusieurs semaines. Des voisins soupçonnent les gitans. Ah et il fait maintenant quarante-et-un degrés.
Luisa baille. Brahm raconte la soirée politique chez Ines, rapportant que selon elle, croire en dieu est être fataliste. Esma s'indigne. Ines veut tuer sa religion, pour imposer la sienne qu'elle appelle « politique. » Brahm et Esma ont au moins des dieux hindous en commun pour s'entendre.

Luisa a tellement vu tout ça, que ça ressemble aux faits-divers. Elle ouvre les *Mille et Une Nuits* et se distrait de l'ordinaire avec une histoire.
Un homme désire une femme qu'il mariera s'il respecte ses demandes. Mais il manque à sa promesse et en perd la vue. Esma oublie les faits-divers. Elle tire les *Nuits* des mains de Luisa pour lire elle-même et prouver que bousculer l'ordre des choses n'apporte rien de bon. Luisa joue de ses quartiers d'orange. Elle se fait des fils, de délicats bijoux. Esma l'ennuie car Luisa connait une version différente du conte, où derrière la porte l'homme est conduit au sultan pour épouser sa fille.

Luisa lèche ses bijoux. Elle se demande de quoi l'avenir est vraiment fait et ce que les autres peuvent en savoir de plus qu'elle, alors qu'ils n'ont que leur réalité pour juger le monde. Elle se pense agnostique ou alors c'est Salih qui a raison. Il n'y a pas de religion ni de politique à proprement parler, mais seulement des croyances.

**Ezzahi**

Israfil fête ses vingt-ans. Larbi apparaît avec des plateaux de *zlabias* — pâtisseries algériennes. De précieuses bougies ondulent sous le chant de Luisa. Le jardin est imbibé de miel. Il fait quasi nuit. Les nappes sont chaudes, coquettes. Luisa passe des rubans de fête à ses cheveux. Israfil reçoit un superbe phonographe peint de roses et de doré. Le *mandole* d'Ezzahi s'empare des fleurs, les animant. Luisa devient *Esmeralda.* Elle s'enroule divinement, envoûtante; mélancolique. Les oiseaux s'endorment.

Elle se revoit enfant, pieds nus dans le même jardin. Israfil fêtait ses huit ans. Elle se souvient d'un homme qui s'en va, laissant derrière lui une fine traînée d'émanation.
Larbi, dans un coin, tire sur sa sebsi avec une lenteur calculée. Il rit, prétextant que l'anniversaire lui donne le droit de s'abandonner à ce plaisir. La fumée

s'échappe en volutes lourdes, se mêlant à la nuit pour former de grands baldaquins flottants. Il n'y a plus rien à penser. Luisa ne cherche pas à comprendre ses visions. La soirée est suffisante.

    Israfil emmène Luisa se balader en 4L. Ines insiste pour venir. Comme elle a de la monnaie, Israfil l'accepte. Ils prennent un demi jerrican et trouvent un grand près où se prélasser. Israfil sort son vidéoprojecteur, le met sur pied pour s'éclairer, prenant Ines comme support. Mais vexée, elle disparait dans la 4L. Alors Luisa se fait volontiers éclairer. Israfil passe les diapositives chinées avec le projecteur pour qu'on y voit un peu moins blanc.
Soudain, Luisa est japonaise ! Cheveux noirs, aux *kanashis*. Elle apparaît dans un ravissant *kimono*; serré des épaules à la taille, descendant droit sur ses chevilles délicates. Des dragons dorés sur du tissu bleu traversent son corps. Des flamands roses se tiennent avec elle. On dirait une modèle de *Vogue* futuriste, le jour où le magazine se tournera vers l'Orient.
Israfil défait du velours une autre diapositive. *Old India, Rajasthan 20'*. Luisa s'orne d'un voluptueux *tikka* d'étain fleuri d'orange dans sa folle chevelure. Elle s'allume une *Marquise* et en rit, pensant à Brahm qui l'aurait jugée. Elle s'amuse immorale, drapée d'un sari pastel, qui ne lui couvre qu'un sein.

Un grand anneau relie son joli nez à son oreille. Un merveilleux collier plat lui prend le cou de magie. Son *bindi* est parfaitement rouge. Le phonographe joue *On namo guru dev namo* et Luisa se tord dans les champs; semble t-il en flottant. Sa peau matte se distingue dans les faibles lumières.

Israfil est à peine surpris de sa transformation. Il a toujours était convaincu de la double-réalité de Luisa. Elle n'a jamais été fixe dans son apparence ni dans sa personnalité. Elle semble pouvoir être n'importe qui, naturellement.
Ines épie la scène dans le rétro. Elle trouve le jeu inapproprié. Luisa ne devrait pas se prendre pour d'autres et s'approprier en une nuit la culture de tout un peuple millénaire. Alors Ines se précipite hors de la 4L mais la prochaine diapositive se projette et elle prend l'allure d'une aristocrate française; serrée dans un corset, le teint poudré, avec un grand chapeau à plumes. Luisa trouve la vie à mourir de rire.

Il reste une cinquantaine de diapositives à essayer. Donc Israfil demande qui Luisa veut être. Il n'y a qu'à choisir. Luisa fouille dans le sac, mélangeant les cassettes. Elle fait apparaître au hasard des tigres et des guépards et les apprivoise sans danger, de mille sortes de jeux à travers les prés.

Quand elle s'éloigne, l'image ne se projette plus et c'est comme si elle était seule à s'élancer. Puis soudain un fauve réapparaît et Luisa est plus troublante que jamais. Elle ne craint rien. Ni les bêtes, ni les hommes. Elle change de tenues une dizaine de fois et s'amuse à ne plus être fille d'andalouse, de pied-noir, d'inconnu. Mais simplement fille, esprit, émanation. Puis le vidéoprojecteur s'éteint. Et c'est à nouveau la nuit.

**Bonne route**

« C'est l'été 62. Nous roulons en *Citroën 2CV* pastel vers l'Alboran. Maurice est si heureux d'apercevoir l'Algérie de l'autre côté ! » conte le perroquet de Rizlane. Il est si vert, comme si rien ne le dérangeait; pas même l'ennui.

Luisa somnole à ses persiennes. Elle n'imagine pas Rizlane en aventure. Sa vie de jeune expatriée de Delhi à Paris est passée. Grenade brille mais pas d'Alboran ici, pas de mer. Juste les immeubles de linges. L'été pèse, les souvenirs aussi, pleins d'odeurs.

Luisa pense un moment qu'elle aurait mieux vécue sans une mère nostalgique, puis elle se ravise. Après tout, il n'y avait pas de meilleure façon d'être. Il n'y a que les autres qui jugent sans cesse la valeur des choses. Luisa prend le perroquet à son bras et le fait chanter sur ce dimanche tranquille. *Tik tik tak*, le perroquet reprend la rumba. Luisa danse comme au music-hall, en jupon léger. Ines appelle depuis le local, elle l'attend depuis une heure pour réviser son discours général. Mais Luisa laisse passer. Elle fait maintenant chanter *Al moussiqa al andalousia* au perroquet. Alors, la concierge hurle des plaintes inaudibles, pleines de tabac. Rizlane chantonne sans le vouloir, affolée dans un merveilleux délire. Les voisins font sonner leurs téléphones à fil, pour rapporter tout ce bruit à la police.

Luisa s'en fout. Ines peut bien attendre dans son local à idées, de refaire le monde ! La vie est absurde; il faut peut-être s'y faire. Pour se rafraîchir de cet été si pesant, Luisa renverse son *Chanel* partout où elle voudrait être embrassée et ouvre ses persiennes. Marre de cette vie sans passion !
« Egoïste ! Egoïste ! Egoïste ! » hurle t-elle à Grenade et aux autres.
Toutes les persiennes sursautent, s'ouvrant et se claquant instantanément sous sa colère. Luisa est folle. Elle rit la bouche ouverte, levant joyeusement les jambes, penchée vers le monde.

Larbi est devant le *Tour de France*, les yeux fixés vers l'entrée de la *cantina* au cas où un ami arriverait. Il changerait alors immédiatement de chaînes. Luisa s'en amuse un moment, puis le troisième jour, elle trouve soudain tout ridicule et il lui vient l'idée que la *cantina* entière est insignifiante. Luisa n'a jamais été dérangée par l'insignifiance des choses. Mais elle ressent cet après-midi l'envie pressante de vivre sans contrainte. Après le *Tour de France*, c'est les revues des cabarets. Et Luisa rêve que Brahm vienne avec elle sur scène, pour jouer du *sitar* et la faire danser. Alors naturellement, elle pose sa démission en fin de journée.

Elle prend la direction de la place du marché. Les cigales crissent dans Grenade pour presser les vacances. Les andalouses prennent ce qu'elles peuvent du soleil. La nuit naît sur les immeubles. Luisa fait résonner ses sabots sur le trottoir où Brahm joue encore. Le poing sur la hanche, elle lance une enveloppe plus épaisse que celles des fins de semaines habituelles. Ses yeux sont pleins de défis, son front fauve. Elle n'attend que de dire à Brahm son envie de faire du cabaret.
Brahm la prend avec son *sitar*, sur le dos. Ils se précipitent dans les rues. Les immeubles brunissent derrière eux. C'est un soir d'août comme on en fait

rarement, où le ciel tire déjà au bleu nuit, mais on pense avoir toute la vie devant soi.
« On va où ? » rit Luisa.
« On part ! » annonce Brahm.
Luisa s'esclaffe encore un moment, sans savoir ce que Brahm veut dire. Elle pensait simplement quitter la *cantina* pour un cabaret mais Brahm lui fait faire son cabas. Et elle traverse le grenier comme un premier voyage. Elle attrape donc ses *Mille et une nuits* et toute sa garde robe. Elle décroche l'attrape-rêve au-dessus du lit. Brahm sourit, que faisant si souvent dans l'athéisme, Luisa tienne à ce grigri.
Elle ne s'imaginait pas quitter Grenade, mais la voilà devant Brahm, le pouce tendu comme il l'a demandé. Elle s'est dit qu'après tout, ça allait être amusant.

Les camions *Bonne route* crachent le dernier pétrole du pays. Luisa fait une pancarte, ornée d'étoiles. *Une chanson contre un trajet.* Un large camion *Good luck* pile avec un chauffeur à moustache qui ne semble pas du genre à vouloir chanter. Il demande où les emmener. Luisa fait ses yeux dans le large rétro le temps que Brahm indique le sud. Elle n'écoute pas où ils vont. Ça lui est parfaitement égal, tant qu'ils y vont ! Sur la devanture du camion, une femme boit du *Coca Cola* en bikini. Luisa demande une bouteille de la marchandise et rejoint Brahm à l'avant du haut véhicule; sacs et *sitar* sous les pieds, direction l'Alboran.

Le chauffeur est serré sur son siège dans un débardeur blanc, le ventre aussi large que le volant; sous des fresques à pompons. Il chique son réglisse et fume des *Marquise* à la suite qu'il ne finit pas. La radio est branchée sur les infos. L'huile disparaît dans les *mercados*. Luisa s'ennuie. Elle demande quelle chanson le chauffeur souhaite. Il s'en fiche donc elle fait *Déshabillez moi.* Brahm rougit. Le chauffeur éclate de rire. *Ça y est, je suis frémissante et offerte.* Luisa ne voit pas ce qu'il y a de si drôle.

Et le chauffeur demande pourquoi l'Alboran. Un traversier attend pour l'Inde, d'après Brahm. Luisa ouvre de grands yeux. Le chauffeur ne dit rien. Il vit une nuit comme une autre, de centaines de kilomètres, à porter sa fatigue et sa livraison. L'Inde, il ne la situe même pas sur la carte. Il a une gamine d'à peu près l'âge de Luisa. Il la garde pliée en *Polaroïd*, dans le pare-soleil. Il ne la voit pas. Il tousse. Luisa fait comme si c'était la *Marquise* pour lui laisser son intimité. Elle baisse les yeux sur son *Coca Cola.* Le verre de la bouteille rafraichit ses mains moites. Elle le passe sur ses cuisses nues. Et elle se demande si Maurice et les autres pères

absents sont aussi délavés par le gazole et les cernes ? Elle pose la tête sur l'épaule du chauffeur. Il tousse encore, gêné; mais la laisse faire.
Au moins, Luisa jubile d'excitation, de partir pour une vie nouvelle. *Là-bas* peut-être que les gens seront différents. Ils verront certainement le monde d'une autre façon. Impatiente, Luisa demande déjà :
« Votre fille n'aime pas la coupe à la garçonne ? »
Le chauffeur hausse les sourcils. Il n'en sait rien, mais il espère que sa fille ne fera jamais rien d'imbécile. Une fille, ça a les cheveux longs et c'est tout. Luisa rit naïvement, ravie de constater que les idées ont déjà changé. Elle ne prête pas attention à la nature des arguments du chauffeur, trop emballée.

Dernière station essence avant l'Alboran. Brahm sort le premier. Des papiers *d'helados* s'envolent. Luisa souhaite la bonne aventure au chauffeur. Il fait un quart de volant et disparaît. Le litre est à cent-vingt *pesetas*. Luisa s'en fout. Elle fume sa *Marquise* sur une pompe, les cheveux au vent. La vie recommence !
Luisa suit Brahm derrière la station, dépassant les pompes pastels. Ils trouvent un terrain vague qui fait usage de désert pour la nuit. Un pneu est suspendu à une corde. Luisa s'y balance. Les nuages sont bas et chauds. Brahm l'appelle. Elle ne répond pas, occupée à rêver la tête en bas. Les étoiles sont aussi

belles à l'envers. De toute façon, les étoiles ça n'a pas de sens.

Brahm tire Luisa dans une tente de soie. Il replace ses cheveux sauvages derrière ses oreilles, qu'elle écoute mieux ce qu'il pense de l'Inde. Il dit qu'à *Bharat,* Luisa trouvera sa vraie nature; sa juste place dans le monde. L'Inde; c'est la terre sacrée, la terre du Soi. Il déplie une grande carte. Le pays entier se tient dans la tente, ravissante de palais. Brahm voudrait même mener Luisa à l'*ashram*, pour des semaines de silence. Il réajuste les anneaux qu'elle a aux oreilles. Il assure que dans le silence, on trouve ce pourquoi on est venu au monde. Et pour Luisa ça ne veut rien dire. Parce qu'elle aime chanter, gémir pendant l'amour, et rire quand ça lui prend. C'est ça la vie !
Elle ne veut rien de l'*ashram*. Elle passe une main luxuriante dans ses cheveux, leur rendant leur liberté et elle se met à chanter. Pour elle, la terre sainte, c'est celle où on vit au présent, aujourd'hui celle-ci; du terrain vague ordinaire et un jour celle de Salih. Elle inspire la chaleur en riant. Sa voix souffle des mots brûlants. Luisa se fait de l'Inde, un éventail en la froissant; pliant les palais. Elle est toujours si insouciante.

Brahm sent la colère monter. Il attrape son cou sans savoir ce qu'il lui prend. La densité change sous ses mains, rendant la sueur attirante. Il ne tient pas. Il ne veut plus jamais que Luisa se rebelle.
En même temps il souhaite la voir sortir de son corps et être libre comme elle sait l'être. Luisa lui rend ses baisers, s'abandonnant. Ils font l'amour. Comme ça, après des semaines. Même si pour Luisa, c'est déjà trop tard. Brahm n'a plus rien de transcendant au moment même où il transcende toutes les règles qui le retenaient.

**Chalutier**

Plus au sud, un traversier fait le voyage vers l'Extrême-Orient. Brahm s'épuise sur le *sitar* pour gagner assez d'argent et prendre des billets. Mais Luisa ne voit pas l'intérêt de chanter puisque la foule est rassemblée autour d'un violoniste.
Les journées sont longues. Les pêcheurs en débardeur font des allers-retours, les nuques chaudes de provisions. Luisa joue de son miroir à main. Elle a chiné des coquillages à se mettre aux oreilles. Le soleil dans son petit instrument se reflète sur l'autre quais du port. Le public s'amène alors. Brahm s'accélère au *sitar*, appelant Luisa qu'elle vienne chanter. Leur sébile se remplit.

Le soir, Luisa sort une fiole d'opium. Elle défait son étoffe fuchsia, les ficelles de son maillot et ses sandales qu'elle laisse joncher sur un vieux pneu. Elle est libre, absolument inconsciente d'être en terre chrétienne et musulmane et nue.
Elle se dirige vers l'échelle du port et se jette dans l'Alboran, les fesses cuivrées, les mèches obscures au-dessus du nombril de la mer. Elle s'éloigne entre les chalutiers. Son détachement est si naturel. Elle se tord dans l'eau. Brahm la pense déraisonnable mais comment ne pas désirer cet être de chaleur ?

Sous les proues, un autre monde se dévoile. Luisa perd conscience de son corps, c'est transcendant ! Elle distingue alors une forme noire. Une sorte de fumée en calligraphie de pétrole s'exprime d'une *sebsi* que des mains brûlées tiennent. La fumée encadre un visage. Salih flotte là. Que fait-il sous un gros chalutier ?
Bientôt, un autre homme ridé fume la même pipe, avalant les mêmes lettres d'une voix grave. Luisa nage, troublée. Elle passe sous le chalutier. Il fait tellement nuit...

Mais soudain la voix de Brahm résonne dans une grande vague et Luisa est ramenée à la surface, laissant un monde quantique s'éloigner.

Brahm serre son *kurta* — tunique portée de l'Afghanistan au Sri Lanka — autour d'elle. Luisa semble détachée du réel, clignant des yeux. Mais Brahm comprend que ses visions ne sont dues qu'à l'opium et sourit, rassuré. Luisa se vexe de ne pas être prise au sérieux, juste parce qu'avoir vu un homme fumer sous un chalutier semble improbable.

Brahm la tire sur le quais. Un pêcheur avec un couvre-chef qui glisse, veille sur la poupe de son chalutier. Luisa a les cheveux trempés, les lèvres aussi bleues que le vin; que la nuit, que le lotus. Elle devrait être avec Salih. Elle s'ennuie d'être à un homme qui ne la comprend pas. Que ferait t-elle à *Bharat* ? Brahm l'emmène dans une partie du port plus condensée, où se serre une trentaine de barques noires. Nuit de bateaux.
Luisa saute de barque en barque. Elle allume déjà une lampe à huile trainant sur la proue et étend deux grands draps laissés là. Brahm la trouve dans son havre.

Maurice adorait les voiliers. À chaque voyage il ignorait ce qu'il allait trouver mais savait ce qu'il allait chercher, songe t-elle de nulle part. Et Brahm inspiré, parle de l'Inde. Mais Luisa est déjà dans ses visions.

Rizlane fait ses cheveux dans la cabine d'un *Swan*, Dalida branchée. Ses bigoudis sont de délicats flots mauves. Le sèche-cheveux est attaché à une rallonge depuis la chambre.

Luisa chante mélancoliquement… *Depuis que je suis née, depuis que j'ai chanté, j'ai des amoureux par milliers.* Brahm trouve Luisa triste. Il plonge le flacon vide d'opium dans le port, attrape une sardine et impressionne Luisa de ce qu'il sait. Mais à vrai dire, seulement qu'elles ont ce nom-là parce que les grecs les trouvent en abondance sur les côtes de la Sardaigne.

Il essaie à nouveau et retient un poulpe. Il ne sait rien sur les poulpes mais Luisa prend le flacon sous la lampe à huile. Elle dit que c'est là une sorte de dieu hindou à plusieurs bras. Alors ils rient et cette petite joie suffit pour ce soir.

Brahm tire Luisa du sommeil. Des hommes défont les barques et quittent le port de moteurs fumants. Luisa prend tout son temps. Les pêcheurs sont de toute façon occupés à chiffonner leurs hameçons, cirer leurs bottes, cramer leurs cigarettes, compter les oursins.

En balade, Luisa trouve un chalutier inutilisé et s'immisce à l'intérieur. Elle met un drap sur le plancher et deux verres déjà trouvés. Puis elle défait ses cheveux. Brahm est pensif. A t-il tort de désirer

Luisa ? Elle est si transgressive. Elle lui fait oublier sa droiture alors qu'il s'était voué à une vie d'ascèse. Mais il envie son insouciance de ne se reposer sur rien, de vivre simplement. Elle disparaît à la salle de bains et ressort nue avec des hanches de lumière. C'est naturel… Elle retire mollement la théière brûlante de la bonbonne de gaz, pleine de *nahna.* Elle n'exprime aucun signe de douleur. Elle est surréelle.

Ils boivent sur le tapis. Luisa continue d'être magique, maintenant éclairée d'ambre par une lampe de cuivre. Ses cheveux sont auburn; henné naturel. Brahm a la tête sur une main, le chignon défait. On dirait un saint sur un chalutier.
« Raconte-moi le *karma* » demande Luisa, voir si elle pourrait oui ou non influencer la vie et revoir un jour Salih. Brahm explique qu'on reçoit ce qu'on donne au monde; qu'on attire ce qu'on est.
« Alors tu n'es pas nihiliste ? » interroge t-elle.
« Les nihiliste pensent que tout est nul. »
« Alors que le monde est génial » s'écrie Luisa.

Ce n'est pas vraiment ce que Brahm voulait dire, avec *nul.* Mais Luisa retire déjà de son sac un pantalon en satin que Rizlane tient de Delhi. Elle s'allume une *Marquise* et expire les lettres de ses chansons. D'impressionnants Y se mettent à danser.

À l'envers, on dirait des tailles de femmes aux robes évasées. Le ballet est somptueux.

Luisa attrape une lettre et s'en fait un exquis verre de martini. Luisa redevient fête. Brahm est subjugué. Il ne sait plus comment penser, fasciné par l'autre réel. Le monde semble sans cesse se réinventer avec Luisa.

Elle se jette sur un pouf, incapable de se situer parmi toutes ces philosophies. Tout ce qu'elle veut c'est trouver la combine pour rendre le monde moins lassant. La lune est basse. Elle porte un *bindi* en guise de cratère. Brahm rêve de l'Inde; de Luisa *là-bas*, qu'il révèlera avec toute sa divinité.

Mais Luisa songe à Salih. Brahm pense que ce n'est pas de l'amour, juste de la passion. Sauf que Luisa n'a que cette passion. Elle pose sa tête sur l'épaule de Brahm et ils restent là, sur un vieux chalutier, chacun dans leurs esprits.

**Brûlante de bijoux**

Luisa chantonne depuis le chalutier. Des hommes déchargent des cagettes, qu'ils empilent par couleurs en nuages originaux. Luisa s'ennuie. Elle est maintenant obsédée par la vie exaltante qu'elle a eu avec Salih, même pour deux jours. L'été est trop long.

« Tu connais l'histoire des cigarettes *Ducados ?* » dit Luisa pour s'occuper.
Mais Brahm agonise, fiévreux. Un petit ventilateur brasse les mots de son ouvrage *Contemplation and searching for truth.* Luisa s'approche brûlante de bijoux. Elle ne le supporte plus, avec sa serviette blanche sur le front qui le rend tellement sage. Brahm compte ses souffles.
« Il y a la *peseta* dessiné dessus pour la bonne fortune. Tu devrais fumer Brahm ! » continue t-elle.
Luisa rit d'elle-même, obscène de liberté. Elle pense qu'il n'y a rien à faire à la fièvre, à part se reposer et attendre que la chaleur passe. C'est samedi, l'Inde paraît irréelle et tout ici a l'air insignifiant.
Brahm méprise Luisa, depuis ce premier jour où elle l'a provoqué sans ne rien faire d'autre qu'être elle-même, avec sa tranquillité involontaire. Même l'*ashram* a l'air imaginaire. Mais si Brahm perd sa foi, dans quel monde va t-il vivre ?
L'homme est tellement occupé à s'inventer par ses pensées, qu'il se piège lui-même, incapable de s'incarner si ses certitudes disparaissent. Luisa n'a peut-être jamais aimé réellement Brahm; ou au début lorsqu'elle le pensait différent. Les cheveux noirs autour de lui si blanc et brûlant; elle rêve de s'éclipser.

Donc elle se lève, fait tourner dans sa main une petite lettre du *Scrabble* parlant et écoute ce que dieu, ou la vie, ou son esprit lui murmure...

Et alors elle se tire au port. Des gitanes se serrent sur la passerelle; les jupes fleuries et froissées sous leurs pieds nus. Luisa dans son jupon blanc brodé est parfaitement assortie. Elle balance sa tête, en brillant. Les hommes dévissent des pompes, réparent des moteurs. Luisa se sent apatride avec Brahm, à Grenade, avec sa mère et tous les autres. Les gitanes disparaissent sur le traversier. Il y a le quais, la foule, le violet, le vent. Le violoniste déploie sa gorge, hurlant *Emmenez-moi*. Luisa le sait. La vie est *là-bas*, en face. Elle embarque avec les gitanes.

Brahm se redresse dans le chalutier. Il apparaît entre les navires, éthéré, à peine étonné de voir Luisa sur l'*Oran-express*. Elle a les yeux débordant de lumière. Elle boit au soleil. Brahm ne fait aucun geste. Il la laisse partir. La mer a la forme de son long corps qui s'éloigne. C'est évident... Luisa est belle à rêver, mais elle est perdue. Ses lotus aux oreilles se balancent pleines d'orgueil. C'est mieux qu'elle s'en aille songe Brahm; c'est moins de distraction.
L'Andalousie et le pays entier restent quelque part, avec Brahm sur un bras du port. De nouveaux

oiseaux blancs flottent. L'Alboran brille de toute sa merveille. Luisa prend le vent.

Port d'Oran, mi août 96. Luisa a encore le corps onduleux et le visage plein d'or de la traversée. À l'hôtel, elle raconte être partie à bord d'un grand camion *Bonne route* et vouloir être libre. Des gitans jouent sur les tuiles vertes de la terrasse, emballés. Ils ont improvisé une scène.
Luisa danse. Sa délicate chaîne s'attache à ses cheveux sur sa nuque chaude. Elle est magnétique, bellâtre. Les hommes boivent du *Mascara* — vin d'Algérie — et se saoulent de jazz. Ils jouent de leurs *davul*. Luisa s'enivre jusqu'à s'en tremper les cils. Si Ines était là, elle dirait que le *Mascara* a vu le jour à cause de la colonisation mais Luisa a déjà oublié toute sa vie avec Ines. Tout ce qui l'intéresse maintenant est de chanter et aimer.

« *Grenade a plus de merveilles que n'a de graines vermeilles le beau fruit* » s'exclament les derniers pieds-noirs du pays quand ils apprennent d'où vient Luisa.
Mais selon elle, Grenade n'a rien d'exaltant. Les formes et les couleurs disparaissent à chaque nouveau progrès politique, rejoignant l'uniformité occidentale. Et depuis cinq minutes arrivée à Oran, Luisa jouit d'un nouveau monde. Un homme lui tend

un charmant pot d'argile, avec des yeux allongés jusqu'aux tempes et Luisa boit joyeusement.

**Incantation**

Deux frères sommeillent sur un trottoir de *nahna*, les genoux repliés sur la poitrine. Oran est tellement mystique. Luisa s'étend entre eux sur ce tapis de feuilles de thé. Elle attend que la vie fasse les choses, que Salih apparaisse par magie. Et trois jours passent sur les visages des frères mille fois ridés.

Un soir, l'un d'eux ouvre les yeux. Un homme s'amène, se séchant le front d'enveloppes. Il en tend une aux deux frères. Luisa se décontracte les jambes devant la boutique de thé, la brique de *Tropico* tenue nonchalante dans sa main aux joncs. Elle jure entendre le nom de Salih et s'avance demander la nature du colis.
« Du lotus bleu » répondent les vieux visages.
Luisa ne dit rien. Elle sait depuis toujours que les miracles existent. Elle est maintenant sûre que Salih viendra. Il viendra pour le lotus.

Cette nuit, Luisa a des visions. Sa mère fait ses couleurs devant la télé. Les voisines font pareil, modérément heureuses. Les antennes sont branchées

et grésillent tranquillement. Luisa veut sortir, mais c'est la canicule. *Le printemps 90 est le plus chaud jamais enregistré.*
Elle joue avec une petite enveloppe à son nom, sans en savoir le destinataire. Elle a quatorze ans, elle rêve déjà qu'un homme lui fasse l'amour. Elle passe son temps devant les *Bollywood* de sa mère. Chaque geste à l'écran lui envoie une décharge électrique. Elle attend de sortir de l'ennui, grâce à la pleine présence du corps, quand il se trouve en lien à un autre.
Luisa s'agite maintenant, songeant à ses après-midis passifs devant les émissions avec Ines qui hurlait qu'il y en a marre de ce divertissement. Luisa baille.

Dire qu'elle est à Oran maintenant, parce qu'elle a trouvé cet homme imaginé. D'ailleurs Salih n'est pas un homme. Salih est un monde.
L'enveloppe brille de blanc sous les feuilles qui s'accumulent. Plus Salih tarde, plus c'est bon. Luisa s'exalte d'impatience. Elle n'est plus ennuyée. Elle tord ses cheveux verts et se lamente. C'est délicieux. Peut-être que l'amour est le seul moyen d'échapper à l'inertie.

Le dernier jour, une ombre s'avance et brunit la pile de feuilles. La même magie se ressent tout à coup; celle qui a un jour magnifié les après-midis ordinaires.
Salih est là. Il existe. Il réexiste. Luisa est transcendée; mourir ne veut rien dire. Salih reste un moment sans réaliser; puis il sent le musc s'émaner du trottoir de *nahna*. Il baisse les yeux presque par hasard vers Luisa. Et tout s'arrête.

Les frères s'interrompent dans leur triage de feuilles, absorbés par la scène. Alors que la vie se profile si souvent par destin aléatoire, émissions après émissions; Luisa a rencontré Salih. Il faut être fougueux pour aimer, même si à Grenade on ne fait jamais rien de démesuré ou de politiquement insensé. En Algérie, le temps et l'espace sont distordus. Luisa tend un bras sans s'en rendre compte, avec l'enveloppe.
Les candidats politiques ne sont que des hommes de magazines mais l'amour est réel. Salih est magnétisé. Il prend la main de Luisa, plutôt que l'enveloppe; sans faire exprès. Tout ce qui se dit dans le monde n'a plus aucun intérêt. La passion prend le dessus. Le trottoir brille de feuilles. Luisa n'a jamais paru aussi brune et on se fout de savoir si c'est dieu ou la nature qui l'a faite. Elle est simplement là. Comme la nuit.

Salih tire Luisa dans la *médina*. Ils se souviennent d'un soir à se presser sur un rangée de caissons. Ils défilent maintenant devant de grands tapis aux murs des boutiques, étirant leurs motifs, étirant le monde.
Ils renversent des marchands et ça ne fait rien. La vie est bousculante depuis quelques minutes, c'est comme ça. Salih et Luisa sont insouciants, merveilleux, jeunes, éternels, égoïstes. Salih vole, Luisa à son bras. Ils se ruent entre les charrettes, laissant derrière eux : pastèques et étals d'antiquités. On les voit passer devant le *d'Ailleurs et d'Orient*. Salih a son turban dans le vent, faisant une jupe à Luisa. Ils sont une seule et même entité. Les nuages sont ouatés. La porte devant laquelle ils arrivent, bleue pastel.

Le soleil passe dans la cage d'escalier lorsque Salih embrasse Luisa. Il y a juste assez de lumière pour se regarder. Salih passe de grandes mains dans les mèches célestes de Luisa. Il répète son nom plusieurs fois comme une incantation. L'*adhan* résonne. *Luisa Luisa Luisa.* La mosquée elle-même semble jouer son nom. Leur rencontre est interdite, solennelle.

Salih dégage les sachets de thé et les feuilles de *dinars* du lit pour allonger Luisa. Luisa est

magnifiée par de longs cheveux violets, trop longtemps laissés dans les feuilles de thé. Salih la veut entièrement mauve, à lui faire l'amour. Il imagine ses deux grenades tièdes et lui retire son étoffe qu'il soulève comme à *Gypsy swing !* Il chante avec justesse *Oômeri combien je t'aime.* Luisa se penche gracieusement chantant à la bouche de Salih, l'arabe qu'elle connait tout à coup.
Salih laisse tomber sa tête molle dans les deux petites paumes de Luisa. Elle sent la peur en elle. Elle n'a jamais été autant attachée au monde. L'alchimie est certaine. Salih dit avoir rêvé d'elle dans un Sahara d'or et vermeil. Il l'a trouvée en amazone sur une dune, un serpent en turban. Un dromadaire était alors sorti du sable. Salih savait que Luisa viendrait. Son rêve était une prédiction.

**Gorge pleine de fleurs**

Salih attrape une bassine d'eau, y plonge une dizaine de sachets. Il a promit aux clients un thé spécial, flottant ! De quel esprit est fait Salih ? Il n'est pas différent des jeunes de sa génération. Lui aussi voudrait plus de temps à trainer dans le salon, la rumba branchée. Mais Salih vit le réel différemment. Ni soumis ni inconscient, il exécute son travail d'un détachement naturel, qui parait magique à Luisa.

À Grenade, on agit sans joie ni colère profonde. Israfil s'arrange de son mécontentement et Rizlane de son ennui. Salih se distingue. Il vient d'ailleurs; d'un monde d'émotions, vibrant.

Les sachets tombent au fond de la bassine. Salih devine qu'il faut y mettre moins de thé pour truquer l'effet. Il change l'eau et fait réouvrir les sachets à Luisa.
« Ça sent si bon ! » s'exclame t-elle.
« C'est pour ça » dit Salih en tendant le sac de feuilles. Luisa lit *Luiza Leaves.*

Salih et Luisa passent le reste de l'après-midi dans les effluves de feuilles et d'euphorie. Luisa travaille les seins nus, librement, parce que c'est août et qu'il fait chaud.
Salih aime philosopher et se perd en réflexions. Mais il n'est pas Brahm. Malignement il prétend que le présent est une échappatoire. On fait du présent la seule vérité, mais combien s'y soustraient pour ne pas s'angoisser de demain. Et si le moment était aussi biaisé ?
Alors tout pourrait être mirage. Luisa lui donne entièrement raison. Le thé et le temps comme mirage, Salih pour toujours.

Salih emmène Luisa dans une cour, où il fait pousser le thé entre le jasmin. Il arrose sa plantation joyeusement, la *Fatima* à la bouche. Il pointe le tuyau sur elle, révélant son corps à travers le tissu. Luisa est exaltante.
Elle se souvient de ce fameux jour d'élection, où son haut trempé avait scandalisé. Salih s'en fiche. Il ne voit pas sa perversité; seulement son naturel. Il passe le tuyau à sa bouche et avale de grandes gorgées. Le jasmin baille mais Luisa ne s'ennuie plus. D'ailleurs, elle pourrait passer sa vie avec Salih qu'elle ne s'ennuierait pas. Il existe au-delà de ses pensées, de son esprit. Il existe dans la matière même. Luisa est attirée à lui par nature. Ines dit toujours que c'est les choix qu'on fait qui nous rendent heureux mais Luisa n'a rien choisi et c'est parfait.

Salih ouvre l'enveloppe de lotus. Il peut finalement expédier le colis aux Russes, prétexter que la plante se fait rare et demander plus d'argent.
Mais Luisa est à genoux en jolie jupe bleue trempée, comme au bord du Nil. Les plantes dépassent au-dessus d'elle, en parfaits triangles. Salih s'imagine la faire boire, la gorge pleine de fleurs. Il vient s'asseoir à côté d'elle, sous un grand lotus. Il en prend un en éventail et aère Luisa.
Puis il commence une recette. Il fait macérer les feuilles dans du vin rouge et attire Luisa sous lui, en

attendant. Il passe deux doigts dans sa bouche et elle les lui mord délicieusement. Elle entend un moment Ines s'offusquer d'une charmante bouche pleine de brûlures d'homme. Mais pour tout dire Luisa veut Salih entier dans sa gorge. Elle a soif de lui, soif de vie. Salih la pénètre dans le jardin, tenant ses cuisses contre lui. Il en sent la pellicule. Luisa s'abandonne, les hanches indolentes.

Ils boivent le vin d'été, tranquillement sous les feuilles égyptiennes.
« Tu es ma fille du *Harem* » dit Salih après l'amour.
Luisa rit. Elle se souvient du tableau. Israfil l'a chiné au *souq* l'été dernier mais Ines le lui a pris. Elle pensait que les Orientalistes français faisaient trop dans les clichés, sans ne rien connaître de l'Afrique. Ines a raison; mais elle a si souvent raison que Luisa ne l'écoute plus. Elle préfère Salih qui s'amuse. Elle sait que la vie avec lui est romantisée et que pour le reste du monde, cet exotisme n'existe pas. Mais elle en jouit, sans culpabilité.

Luisa jouit tellement qu'elle a de nouvelles visions. Elle s'empare de la flute qui traine sur le tapis pour mieux voir ce qu'elle devine. Le soleil à l'intérieur de l'instrument se met à vibrer. Salih fredonne par hasard, au même moment, la mandoline de Lila.

Luisa voit deux yeux se révéler. Ils paraissent connus. Ce sont ceux de Maurice. Ils brillent avant de disparaître tranquillement et Luisa comprend que rien n'a vraiment d'importance. À la fin, tout disparaît.

Salih allonge Luisa. Il passe le triangle d'une fleur au-dessus d'elle pour la protéger du soleil. Ça lui fait comme une jupe bleue bien cintrée et ses seins sont nus.
« Viens avec moi » dit Salih.
« Où ? » rit Luisa.
« En Egypte. »
Le dix-sept à dix-sept heures. Il lui tire ses mèches violettes. Ils rient.

**Informel**

Le port de nuit. Là où Luisa est arrivée il y a une semaine. Les vagues débordent de bleu sur le rempart écaillé de rose. Alors Salih porte Luisa sur le toit de la station *Total*. Dans leur monde, un toit est une terre, ça suffit. Le vent confond leurs cheveux en aura.
Salih se sent destiné à Luisa. Elle semble être faite pour lui, les mains parfaitement tenues dans les siennes. Salih ne croit pas au libre-arbitre, persuadé que nos atomes nous influencent à désirer une chose

ou une autre. Il songe que ce qu'on est, c'est comme le don qu'on reçoit. Luisa n'a pas choisi d'être passionnée de chant.

Luisa ne connait pas la nature de leur amour. C'est chimique, c'est chimérique; qu'importe. Le signe *Total* clignote. Les citernes sont renversées. On ne sait plus si ce sont des vagues de pétrole, de vin, de teinture. On s'en fout. Salih s'allume un *bidis* absolument libre.
« Tu sais Luisa, à cinq-cent kilomètres d'Alger, *Total* pompe tout ce qu'il peut de nos réserves… »
« Et alors ? »
« Faut qu'on s'exile tous les deux » dit-il comme si le monde n'existerait bientôt plus.
« On est déjà exilé » dit Luisa en se serrant contre lui.
Luisa tire la cigarette indienne que Salih lui tend. Elle recrache sa fumée et défait son peigne fin à l'arrière de ses cheveux. Ils tombent murex, aussi pourpres que l'encre des coquillages et comme le lotus.
« Selon ma mère, mon âme est changeante… J'ai pas de personnalité fixe » confie Luisa.
« Et alors ? » reprend Salih, sans voir où elle veut en venir.
« Je suis toujours exilée dans mon monde »

« Tu es libre Luisa. Tu brûles de tout vivre » assure Salih, les yeux amoureux.
Luisa penche sa tête vers l'horizon. Personne ne l'a jamais vue comme ça. Derrière eux, une parabole en auréole. Luisa est bénie par les saints auxquels elle n'a jamais cru.
Salih fume sa cigarette silencieusement, magnifiant un paradis sur mesure en haut de la station. Avec lui, Luisa existe sur terre.

## L'été

L'été, le réel se dilate. C'est ce que songe Luisa sur sa petite serviette mauve, étendue sur la crique. Le jour brûle et ainsi chaud, il se distord. Salih a emmené un parasol, dont les coquets éléphants indiens résonnent dans le vent. Il fait toujours une chaleur à mourir mais dieu merci, pas de *Shanti Shanti* qui résonne. Grenade est loin. Un panier est renversé. Salih ouvre chaque fruit, sans choisir. Oranges, citron et pamplemousses.
Luisa sent son corps se contracter sous son bikini. Les ondes de chaleur ondulent à l'horizon, superposant plusieurs mondes et créant une impression de permanence dans le flux constant du temps. Comment expliquer alors qu'aucun autre moment ne semble plus réel ? L'été est pourtant si malléable.

Mais c'est comme ça, Luisa aime Salih. Elle se fait mal aux pieds sur le quartz pour le suivre. Et c'est oublié, dès lors qu'ils plongent dans l'eau en hurlant. Il y a trente étés de ça, c'était Maurice et Rizlane qui profitaient de l'Alboran. Salih pourrait être le grand amour de Luisa. Elle tombe amoureuse comme sa mère l'a fait, ou à sa manière.
Salih sort une carafe de café. Il est vingt-heures mais il s'en fout, il aime le café tard. Il reste du grain au fond du récipient alors il en fait un masque pour le doux visage de Luisa. Salih est comme ça, créatif. Tout est pastel autour d'eux. La petite radio couleur pêche joue *Aïcha*.

Salih est toujours debout quand Luisa émerge de sa nuit. Le profil majestueux et le nez aquilin, il se détache d'un fond ocre. Le monde n'a jamais paru aussi distinct.
Luisa se tient presque sagement sur le lit. Elle attend de voir ce qu'il va se passer. Salih transférera bientôt son courrier de thé flottant à Constantine. Il proposera peut-être de venir. Luisa ira où il veut. Une lune en bronze scintille à son ventre. Elle repose sur une main dorée de joncs et semble irréelle. Elle tient négligemment le bang. Salih n'a jamais vu plus belle vision. Il se souviendra d'elle comme ça, à la fenêtre fleurie de chez lui.

Il la regarde dans les yeux et Luisa se sent transcendée. Elle n'a jamais pensé à tout ça mais c'était ce qu'elle attendait sans pouvoir le savoir; ce sentiment exaltant qui prouve l'inutilité des choses en remplissant à lui seul toute une âme. Salih la passionne comme aucun autre ne l'a fait.
Il s'approche. Ils semblent ne faire qu'un, étendus une jambe en tailleur chacun, symétriques, comme des lotus. Le vent les fait flotter. Salih étire ses yeux, fatigué. Ça lui donne l'air mystique. Luisa attend le moment de vérité et il s'exprime enfin.

Salih a une cousine d'une cousine où il prévoit son exil en Egypte. D'ici trois semaines il aura réservé les billets avec l'argent de la commande. Il appellera Luisa. Il prétend qu'ici leur amour est inadéquat. Salih est trop connu. Mais en Égypte, on s'en fichera. Ils seront libres.
« Quelque chose te retient à Grenade ? » demande t-il.
Luisa passe en revue les après-midis à la *cantina*, à faire des bulles à la paille dans le *Tropico* et elle pense à sa mère les cheveux en rotin à ne pas bouger... Luisa fait non de la tête.
Salih se met à genoux devant elle et s'empare de son pied cuivré. Il lui passe deux petits *bicchiya* aux orteils. Il dit que l'une des bagues est pour les

femmes mariées, l'autre pour celles libres; et Luisa gardera celle qu'elle veut. Alors elle l'aime pour son détachement.

Oran disparaît derrière un terrain vague de tas de ferraille, avec les bus pour Constantine. Les chalutiers paraissent minuscules au loin. Que va t-il se passer maintenant ?
Tout est informel. Il est écrit *Horn please* à l'arrière de tous les bus, en rose; avec des aigles égyptiens peints en bleu. Les lettres défilent, créant d'étranges messages. Luisa arrive à lire *Bonne chance*, *Great Algeria*, *All African permit*. Tout est pressant. Salih s'avance entre les mots et les pots d'échappement.
« Ça y est » dit-il.
Il regarde le cadran à son poignet, réajuste ses mallettes de thé. Il baisse les mêmes yeux vers Luisa qu'il a baissés trois jours avant et il soupire. Elle est parfaite, silencieuse; l'étoffe dans le vent. Elle ne sourit pas. Elle n'a pas l'air triste. Il la prend contre lui, éternelle de musc. Entre ses mèches nuits, des hommes s'accroupissent pour la prière. L'*adhan* résonne à nouveau.
« *Te quiero* Luisa. »
Salih disparaît derrière les bus. Le soleil lui fait les cheveux violets. Luisa croit rêver. Mais non, Salih l'aime.

**Azahars**

La cage d'escalier est plongée dans la pénombre. La télé grésille. *Nous approchons des 41 degrés; c'est simplement hallucinant !* La concierge boite. Elle n'a à la bouche que le tabac à chiquer et le loyer à payer. Elle ne sait rien de l'amour. Luisa se fiche de ce qu'elle dit. Luisa rêve. Luisa rit ! Et la concierge s'énerve, ne comprenant pas ce qui est si drôle. Mais rien ! Luisa est simplement libre.

« Vous trouvez du sens à la vie ? » demande Luisa épanouie de joie.
« Il n'y a qu'à respecter ce que le bon dieu attend de nous; assez maintenant ! » s'impatiente la concierge.
« Mais qu'est-ce que ça veut dire ? »
« Vivre humblement et faire son devoir ! » conclut la concierge, en réclamant son loyer.

Luisa se retrouve seule; son cabas sur la *zellige,* les volants sur le matelas, dans le silence et la lumière passive du jour. Étrange hypnose. Seize heures. Fin août. Luisa ouvre les persiennes. Elle chante, sentant brusquement tout le poids du réel sur ses épaules. Elle se lève, enroule ses poignets, sans autre raison que de bousculer la réalité figée.
En bas, sa mère est piégée dans les *azahars* qui ont poussé jusque dans le rotin. Le salon entier est

embaumé d'odeurs. Rizlane a un scarabée en troisième œil mais aucune nouvelle vertu. Elle répète les prédictions habituelles. Maurice reviendra de son Afrique perdue. Il réapparaitra du plus loin de la nuit. Luisa soupire. Elle n'a même pas vu son père à Oran, alors ! *Om shanti shanti shanti* tourne à nouveau. C'est ridicule.

Rizlane se fout du monde, de pour qui on vote, des musiques qu'on doit écouter ou des coupes à la garçonne. Elle ne se pose aucune question. Elle semble piégée au *Roi-Mirage* à boire les mêmes *Baisers sucrés.* Par moments quand elle ne pense pas à Maurice, elle parait plus heureuse que les autres.

La télé du local grésille aussi; de hordes de manifestation. Mais s'il faut se révolter, autant sortir songe Luisa. Ines retient tout le monde avec son discours depuis une heure. Cet après midi, il est sujet du jean. On le pense réservé aux hommes. Ines assure qu'initialement le jean était pour l'ouvrier et donc pour l'ouvrière. Luisa n'en pense rien. Elle descend le sien à ses hanches, les révélant roses et exquises. Elle ondule devant la pub, avec une danse du ventre. Elle met tout le monde d'accord sur son indécence. Luisa s'échappe alors.
Elle fume, la sandale relevée négligemment sur la devanture du local. Ines lui reproche de mal

s'investir dans le parti. Luisa ne répond rien, préoccupée par les mobylettes. Elle imagine Salih sortir des pots d'échappement, comme un génie de sa lampe. Il offre trois vœux. Elle n'en n'a qu'un : être avec lui, entièrement libre.

Ines pense que le monde est ce qu'on en fait, Brahm ce qu'il fait de nous. Et il n'y a que Salih qui n'a jamais rien imposé. Il proposait que la lune soit mystique, qu'elle ne soit qu'un amas de poussière et même qu'elle danse. Luisa s'ennuie de Grenade.

      Elle s'en va à la laverie. Ça fait trois mois que les pubs de machines à laver tournent en boucle, mais Rizlane s'en fiche. Luisa trouve Israfil dans la pièce. Il sort la tête de sa lecture et Luisa se révèle avec une centaine d'étoffes aux bras. Israfil s'en amuse. La parisienne des *Lettres persanes* vient de sortir du papier.

Luisa est toujours nouvelle. Elle change d'opinions comme de costumes. Elle ne se souvient plus de ce qu'elle portait l'été dernier. Sa chevelure se tresse un samedi, et celui d'après elle se défait en crinière. La *Lettre à Rica* lui va à merveille.

Là, Luisa remarque une affiche à la laverie. *The Spell of India - Spectacular Rythms from the Middle-East*. Et inspirée, elle quitte déjà la pièce, laissant sa machine tourner. Elle traverse la ville en chantant.

Les anneaux d'argent sonores aux oreilles; on l'entend jusque dans les salons qui grésillent sur les courses de taureaux. Les bijoux fondent sur son corps. Elle en a oublié son linge. Luisa croise la concierge en bas de la rue qui s'étouffe de tabac.
« On t'entend dans tout le quartier ! »
« Ah et qu'entendez-vous ? » demande Luisa.
Mais la concierge ne doit pas déchiffrer les passions de Luisa puisque la bouche pleine de tabac, elle crache :
« Si tu veux chanter, tu ferais mieux de le faire à la messe, pauvre petite ! »

Rizlane se ravit que Luisa veuille faire du cabaret. Elle la voit déjà devant le public et sort sa machine à coudre. Entre deux *Baisers sucrés,* elle fabrique une jolie tenue pour sa chérie. Les *clics* de la machine servent de métronome. Luisa répète ses premiers spectacles. Rizlane a appelé la banque, pour emprunter de quoi racheter un petit cabaret de Sacromonte.
Elle brosse ses longues mèches vertes, trop longtemps retenues sous le cuivre de sa broche et dispose de lourdes boucles aux oreilles de Luisa, prétendant que la pression exercée activera son énergie dans certains organes pour mieux danser. Luisa est serrée dans l'or et l'émail.

Israfil a chiné des tenues pour Luisa. Elle se change devant lui, parfaitement égale à montrer ses seins. Il lui tend une centaine de robes, pourvu qu'elle se torde encore souplement en faisant rebondir ses deux bijoux de métal chaud. Ses cheveux brûlent sous les barrettes.
Israfil se penche sur son argentique. Dans le carré de l'objectif, l'image s'arrête au-dessus des seins. Le fantasme se multiplie. Luisa n'a plus que ses grands yeux nuits, sa nuque nue, ses épaules pourpres. Trop libre pour être rattrapée indéfiniment; Israfil se résout à la regarder, entière.

Ines est en bas de l'immeuble, venue distribuer ses affiches de manifestation. Elle n'est même pas surprise d'apprendre que Luisa devient artiste de cabaret. C'est de la folie ! Pour dire vrai, Luisa lui ferait presque perdre son existentialisme, à ne jamais changer ! Luisa propose un verre de *Tropico*. Mais Ines ne veut plus avoir à faire à elle. En plus Luisa a vu l'Algérie sans elle, et ça, c'est inconcevable.

Rizlane s'empare du *Tropico* et fait un punch. Recette Indienne ! *Arrack*, canne à sucre, citron. Elle sert un grand verre à Luisa, la prie de se concentrer sur ce qu'elle pense, plutôt que sur les idées d'Ines. Mais Luisa ne pense rien !

Elle s'ennuie qu'on cherche à la faire devenir une femme ou une autre alors elle se ressert de punch et baigne de paresse aux persiennes. Elle voit Ines qui s'en va. Brahm a toujours assuré qu'à se concentrer sur notre *dharma* — réalisation de soi — on sauvait le monde. Mais Ines est toujours là avec ses distributions. Le monde n'a pas l'air d'avoir changé. Et Brahm est parti depuis des semaines.

**Danzarina**

Luisa s'en va à Sacromonte. Un homme l'empêche de passer, la cruche penchée de profil vers sa bouche tendue.
« Qui tu es ? » demande t-il en s'essuyant de la manche de sa chemise.
« Luisa. »
« Bois. »
Et il lui tend la cruche. Luisa a de l'eau citronnée qui lui coule dans le cou. Un groupe de filles arrive, défilant devant eux; plein de rouge, de jaune et de froufrous. Luisa saisit l'occasion pour passer inaperçue. Elle ressort de la bande de danseuses, avec une *mantille* et des fleurs aux épaules.

Arrivée au cabaret, une trentaine de femmes s'agite devant les coiffeuses. La pièce susurre et s'agite. Les jambes sont serrées dans les collants. L'air est

bleuâtre, rosâtre; on ne distingue plus. Des robes enfilées soulèvent un peu la chaleur.
Luisa en profite pour s'immiscer entre les danseuses occupées à décorer leurs seins de paillettes. Dans la glace, de superbes fesses dans des ficelles sourient joyeusement. Les femmes jubilent, se maquillant les lèvres, bras dessus bras dessous. Elles se prosternent sur un fauteuil ou un meuble de vêtements, lâchant leurs douces têtes en arrière. Luisa se sent parfaitement adéquate dans ce nouveau réel. Dehors la dernière chaleur d'été pleut. Luisa chauffe sa voix. Il ne reste plus que quelques minutes avant le spectacle.

Elle apparaît dans une tenue de chaînettes, absolument exubérante. Le public applaudit *La danzarina roja.* Le batteur prend congé. Luisa est divine. Sa peau résonne, ses bijoux brillent. Comme si elle n'était pas encore assez libre, elle défait les chaînettes qui lui font un semblant de corset. Elle s'expose tranquillement nue sans audace, puisque c'est naturel pour elle. Son aura s'expand, étirée par les ventilateurs. Luisa se tord juste pour le plaisir d'être en son corps.
Puis le rideau se ferme, laissant sur scène une minute de présence et d'électricité. Elle se regarde dans la glace; la poitrine battante, les cheveux collés à la nuque. Elle voudrait que Salih la voie ce soir,

qu'il la sente de musc et d'orange, qu'il la torde à son gout. Elle serait à ses pieds, au ciel.

Luisa passe bientôt chaque semaine au cabaret. C'est toujours la même journée. Elle part à dix-sept heures, son panier en osier plein de précieuses babioles et elle pénètre dans Sacromonte. Là, elle aime s'imaginer l'Egypte… Est-ce que le Nil ressemble au Darro ? Ici les gitanes sont à genoux sur leurs jupons colorés, frottant le linge. Tendus entre ces bras mattes, de petites jambes fines d'enfants se tiennent par dizaine. Et comment sont les Egyptiens ? Pourquoi Salih ne donne aucun signe de vie ?

Elle passe devant les hommes en tailleur parmi les joncs. Ils travaillent, la cigarette à la bouche, à tresser des nattes et des sacs. Luisa se distingue, en jean rose éclatant et petit haut orange, parmi les tons beiges et verts foncés.
Elle scandalise toujours, elle fascine. Tout le monde sait qu'elle chante pour la *Zambra nueva*. Les gitanes n'aiment pas ça. Leur flamenco s'est fait oublier depuis que Luisa se déhanche dans toutes les danses du monde.
On laisse même des pièces de monnaie dans ses cheveux. La nuit, on sait où elle va. Il n'y a qu'à suivre les pièces tombées dans les cailloux. On la

retrouve chez un poète ou chez un peintre. Elle fume sa cigarette le matin, l'air de rien, les jambes nues au soleil; comme si c'était naturel de découcher. Luisa s'en fiche. Elle se fait aimer et détester. Elle est la joie des uns, l'ennui des autres.
C'est toujours l'été 96, il fait toujours aussi chaud et c'est toujours la même histoire. Donc elle ne se préoccupe pas trop de ce qu'on dit.
Elle s'essaie au flamenco dans le salon du peintre, les bras relevés, les cheveux aussi, dans une fleur. L'homme est torse nu, la ceinture au bassin et il tape des mains autour d'elle. L'aprem, elle passe à l'épicerie acheter du vin. Et on la regarde de travers. Elle prend pourtant tout son temps, profitant de la pénombre fraîche. En plus la radio joue de jolies *coplas* — musique populaire d'Andalousie. Comme Salih n'appelle pas, Luisa jouit de sa liberté; en attendant.

Rizlane rembourse vite son emprunt. Elle dépense dans de nouvelles folies et fait faire des affiches de spectacle. Luisa s'expose dans tout Grenade, en tenues légères sur les murs de la basilique. Sur *Andalousian Nights,* elle n'a que les cassis aux seins et sur *My Sahara rose*, elle est nue dans le gaze. Une affiche propose même de goûter le sorbet à sa bouche, samedi soir !

Esma prie son dieu à genoux, sous l'affiche de la façade; les pieds tenus dans ses mains sur son vieux tapis. Luisa, suante et merveilleuse s'assoit à côté d'elle. Elle rit de sa nouvelle vie, ne remarquant pas son irresponsabilité. Esma dit que Sacromonte n'est pas son monde et qu'une femme doit se tenir, se faire respecter. Mais qu'ont donc les autres à penser la vie des femmes ? Luisa est ravie de faire ce qui lui plait.

Esma prétend qu'elle n'a aucun mérite, qu'on l'adule pour son physique plutôt que pour sa voix et que c'est facile d'avoir une mère qui paie. Luisa se fiche d'être reconnue pour une chose ou une autre, tant qu'elle chante. Et elle ne voit pas pourquoi ce devrait être difficile.

« Tu es jalouse ? » demande t-elle innocemment.

« Moi ! Jalouse ! » répond Esma.

Elles rient toutes les deux sur le trottoir. Leurs fleurs s'épanouissent sur leurs robes aux imprimés. Esma est jalouse mais ne l'avouerait pas. Et Luisa ne la comprendrait pas de toute façon. Elle était si détachée tout le temps…

« Tu es une belle égyptienne » dit-elle comme pour consoler Esma.

« Mais je ne suis pas égyptienne ! »

« Salih m'a dit que… » commence Luisa.

Esma remonte son jupon pour mieux se tenir droite sur le trottoir. Elle prétend que Salih n'est pas digne de confiance.
En fait, par le passé, les gitans migraient de pays en pays avec des documents falsifiés qui les faisaient pèlerins et égyptiens. Ce statut leur assurait une plus grande liberté et l'hospitalité des locaux. L'Égypte était une terre ancienne et les gitans étaient vus avec mysticisme. Alors Salih avait menti et Luisa continua de le trouver merveilleusement intelligent.

**Moucharabieh**

Luisa chantonne au jardin, les mèches dans la glace à la mangue. Ines meurt de chaud dans sa chambre mais ça vaut mieux que de sortir, et voir Luisa. De toute façon, elle est occupée avec les manifestations de la rentrée. Le ventilateur tourne en continu et les idées aussi.

Israfil lui, ne manque aucune occasion avec Luisa. Il la rêve, fraîche de passion et lui fait des poèmes.
*Ma grenadine,*
*Ne connait rien du monde*
*Quand elle s'ennuie*
*Elle allume la télé*
*Elle ne fait pas d'efforts*
*Et sirote son Tropico*

*Qu'elle rachète à volonté*
*Chez nous, en Algérie*
*C'est la vraie vie*
*La mer, le vent, et ma grenadine*
*Ne le sait pas*
*Un jour je l'emmènerai*
*Elle se brûlera de notre soleil*
*Je serai là !*
*À Grenade*
*Elle n'a pas besoin de moi*

« Récite-le moi » dit Luisa en s'approchant pour lui arracher des mains.
Israfil rougit de honte. Il n'a jamais dit à Luisa ce qu'il ressent. C'est affolant. Il y avait bien des choses innées et Israfil ignorait si l'existentialisme d'Ines était imaginaire ou s'il en était simplement incapable. Luisa est là, si près, les cheveux comme des courants frais. S'il l'embrassait ça changerait tout mais aussi ça ne changerait rien. Ils s'amuseraient un moment et Luisa s'ennuierait. Tout redeviendrait comme avant. Certains évènements ont peut-être leur propre destin.

Israfil et Luisa sortent. Ils paressent sur un drap persan étendu sur une murette. Grenade baigne dans un fond d'orange sous eux. Luisa laisse maintenant trainer ses mèches dans le vin. Ses

noeuds forment un vague visage. Celui de Salih. Elle n'a que lui à l'esprit. Israfil prétend qu'elle mérite mieux et ressert son verre de surprenantes plantes. Luisa ne voit pas ce qu'il veut dire mais sirote avec plaisir.
Le drap se soulève avec le vent, sur leurs genoux en tailleur. Puis entièrement au-dessus de la murette. Ils flottent ! Luisa n'a jamais semblé aussi irréelle. Elle sort un cadran solaire, découpé d'un magazine. Israfil sert deux tasses chinées au *souq*. Il propose à Luisa de prendre le thé à l'ombre du *moucharabieh*. Elle fait une longue-vue de ses deux mains superposées pour le guider. Israfil bat le vent de son porte-document jusqu'à la mosquée.

Luisa est magnifique. Elle ressemble à une andalouse d'antan. L'ombre du *moucharabieh* lui fait un filet devant les yeux, avec de grands gants. Elle souffle sur son thé, éclaboussant les nuages qui sucrent sa chevelure. Elle pose comme une poupée. Israfil coince une étoile sous sa tasse pour l'éclairer. Luisa l'exalte; le sucre brille sur son corps. Elle s'étend, indifférente de l'attraction qu'elle exerce, jambes dans le vide. Ses sandales tombent. Elle s'en fiche. Elle n'a même pas remarqué.
Luisa contemple Grenade, imaginant l'Egypte; son granit rose, son sable bleu. Salih ne rappelle jamais. Le vent soupire, Luisa aussi. Israfil propose de

regarder un film. Il sort son vidéoprojecteur. L'image se reflète sur un nuage, mais se projette de traînées en traînées.
Alors ils rasent les immeubles bariolés et cherchent une façade sombre. Une vieille dame ouvre ses persiennes, étend un grand linge comme par magie.

Puis le générique de fin s'étend sur Grenade, donnant à la ville des allures romantiques. C'est beau. Les étoiles de cuivre résonnent. Israfil vole au hasard pour prolonger la nuit. Il aperçoit un train de cargaison quittant Grenade. Il y pose le drap ensorcelé. Alors des champs, de la pénombre, deux heures d'hypnose. Les cheveux de Luisa ondulent derrière elle, comme des flots d'or et de soie. Israfil se demande d'où elle tire cette lueur. Elle semble traverser le monde sans en subir les lois.

Le train s'immisce dans une décharge de conteneurs empilés les uns sur les autres. Israfil et Luisa vagabondent dans les allées de métal. Ils posent le drap au sommet d'une pile. En contrebas, les hommes déchargent la cargaison, le dos courbé sous des caisses flottantes. Les grues en déplacent d'autres. C'est un nouveau monde de gravité. Tout y est léger, pastel. Luisa fume devant un mur de ferraille orange, prenant des airs orientaux.

Elle recrache voluptueusement sa cigarette, sur un fond pourpre. Israfil est troublé et s'interroge sur sa nature. Qui l'a faite si merveilleuse ? Le monde ? Sa mère ? Elle-même ? Est-elle le produit de ses circonstances, une création de la matière, ou l'incarnation d'une idée ? Luisa est chimérique, hors de portée. Les hommes sont réduits au travail, usés sous le poids des marchandises et Luisa est l'antithèse de ce monde.

**Serpent d'Afrique**

Rizlane peigne inlassablement les mèches de Luisa. Elle les huile de toutes les recettes possibles. Et le perroquet rabâche les bonnes manières. Plus de hanche, plus de souplesse !
Luisa, pour qui il est si naturel de se tordre, se contorsionne au-delà du possible échappant aux nouvelles injonctions, son corps suivant une logique interne que personne ne peut saisir. Sa mère se ravit de la nature si changeante de sa fille. Elle peut donc lui faire jouer n'importe quel spectacle.

Rizlane étend un paravent en toile dans le salon.
« Il nous faut des tenues » dit-elle, comme si chaque vêtement pouvait révéler une nouvelle facette de Luisa. Une centaine de robes défile sur ce corps malléable. Chaque tissu qui glisse sur sa peau

semble modifier sa silhouette et ses gestes. Le rectangle du paravent brunit lentement, et les ombres se révèlent nues ou vêtues de froufrous, toujours suggestives et indécises.
Rizlane prend Luisa sur sa berceuse, s'appliquant au maquillage. Elle s'allume même un cigare *Toro*, emballée par ce qu'elle est en train de recréer. Elle fait tenir l'éventail à Luisa, qu'elle la soulage de son effort. Luisa se tient là. Avec cet éventail en main elle semble s'éloigner à chaque coup de vent pour mieux réapparaître. Elle est comme une force de la nature ou alors une illusion.

La rumeur court dans tout Grenade que la soirée va être la plus extravagante de la décennie. On imprime les cheveux d'encre de Luisa dans tous les journaux. On tord son corps sur des doubles-pages; trop merveilleux pour tenir sur la une.
Luisa apparaît en parfaite réplique de Mata Hari. Sa mère a trouvé la tenue pour un millier de *pesetas.* Au local, tout le monde en parle. Luisa se fiche des polémiques autour de l'idole. Elle trouve surtout son costume ravissant.

Sur scène, les rideaux s'ouvrent en cessant les brouhahas. Luisa se fait deviner, candide dans la pénombre. À ses hanches brunes, s'enroule une forme aussi sensuelle qu'elle. Elle chante, d'une

voix profonde et s'attache à un intimidant serpent d'Afrique. Les peaux se confondent, lisses et suintantes.
Le public est troublé. Il se bat pour le premier rang. Les cigares brûlent en nuages d'argent. Les photographes ne savent plus comment agir, voulant Luisa nue, mais l'arborant de diamants à chaque flash. Luisa fait débat. On ne l'entend même plus chanter. Alors elle s'allume une *Marquise* sur scène et se contente de fumer là, seins libres, serpent autour du cou. Merveilleuse vision. Dans quel monde la regarder; celui des sons ou des silences ?

Luisa joue de sa loupe dans les ouvrages de Brahm. Elle fait sortir du papier et traverser le rond de glace, l'Inde et ses palais. Le *Taj Mahal* s'affiche subtilement. Shah Jahan l'a inventé pour sa Mumtaz Mahal décédée. Luisa prie maintenant que le silence de Salih ne soit pas signe de mort. Le bon dieu de la concierge sait peut-être ce qui retient Salih d'envoyer des nouvelles.
Cela dit, la chance ou le miracle interviendra peut-être. Luisa continue donc de jouer avec la loupe. Droite devant, elle y voit à l'envers. Elle fait apparaître Salih, à partir d'un cliché. Il se reflète humblement devant le palais; le teint cuivre, le parfum chaud. Luisa se jette à son cou.

Mais elle retombe sur la *zellige*. Salih est fait de lumière. Luisa n'a que sa projection. Alors elle s'en contente, puisqu'elle aime au moins rêver.

Luisa veut chanter son amour au cabaret mais Rizlane insiste pour qu'elle interprète les titres habituels, afin de se faire un nom. Elle refait la garde-robe de Luisa; de l'élégante jupe bariolée aux souliers de maroquins. Elle compare le vin rouge à ses cheveux; le pain à sa peau sans mauvais grain. Elle réunit dans le salon peintres et poètes pour embellir Luisa, si tenté que cela soit possible. Luisa s'en amuse. C'est l'occasion de voir des hommes chaque fois différents et de s'incarner avec une constante nouveauté.
Un bal s'improvise dans le salon. Le perroquet joue *La flûte enchantée.* Un vieil ami gitan du Rajasthan doué en castagnettes, a fait le voyage juste pour elle. Rizlane prétend que le monde entier en fera bientôt autant.
Luisa pense surtout qu'avec de la chance son spectacle sera diffusé en Algérie sur les chaînes Européennes, et que peut-être Salih la verra. Elle est tellement impatiente de le retrouver.

« Que dirais-tu d'un fakir ma chérie ? »
*Les turqueries* ont fait fureur, les *Noche-Delhi* aussi. Rizlane pense à rejouer les *Années Folles*. Les

danseuses doivent absolument apprendre la *Raqs sharqi* — danse égyptienne. Luisa est prise dans ses visions et elle repense par moments à la *cantina* et ses chansons dans le marc de café, à l'époque où elle n'était qu'une serveuse parmi tant d'autres. Larbi doit encore sécher les verres, pariant sur les taureaux avec ses amis gros comme des bœufs, refaisant le monde entre deux tournées.

Au cabaret, Luisa ne sert plus. Elle joue au mus avec ses admirateurs, toujours entourée mais jamais possédée. Les bœufs ont été remplacés par des hommes plus riches et raffinés mais tout aussi avides. Luisa s'en fiche, les glaçons de la *sangria* dans sa bouche chaude. Elle les recrache en mélodie tintante, au fond du verre.
Le fakir fume des *bidis* comme Salih; jusqu'à la fin et sans se bruler les mains. Luisa l'imite, ne craignant pas non plus la chaleur. Le fakir la met au défi, la faisant se tordre dans des positions absolues; dépassant la logique, les attentes et le fakir lui-même.

**Cassette**

Rizlane se balance avec frénésie dans sa berceuse. Elle fait répéter Luisa depuis six heures ce matin. La concierge tape son balai au plafond, mais étrangement en rythme ! Donc elle se montre utile, sans le vouloir.
En parfait costume, Luisa chante des chansons de carnaval. Rizlane assure que Luisa est faite pour ça. Mais c'est déjà ce qu'elle a dit concernant la rumba, le jazz, et le music-hall. Rizlane n'a à la bouche que les maisons de disques et ses *Baisers sucrés.*

Depuis sa berceuse, elle passe ses journées au téléphone, montrant des dons certains pour les langues et la persuasion. Elle a enroulé Luisa dans de délicats serpentins mais Luisa est épuisée. La rambarde du balcon en fer forgé lui sert de barre de danseuse. Sa mère tient à l'enregistrer dans un numéro de *Danse lumineuse* comme si le salon était le *Palais des Mirages.* Rizlane en profitera d'ailleurs pour relancer la *Revue sensuelle.*
Chaque fois que Luisa soupire, un sifflet de fête se tend dans sa bouche et émet son petit hurlement. Le perroquet bat des ailes sur son épaule, tentant de lui donner un peu d'élan.

Mais elle finit par s'étendre sur le divan, en tenue de grandes fêtes. Grenade atteint maintenant les quarante-deux degrés. Elle se sent submergée. L'été a été le plus éreintant de sa vie. Dans d'étranges rêves, elle entend hurler sa concierge, Ines, Brahm…
*Va à l'église, Dieu te montrera ce que tu dois savoir ! Viens au local, c'est la seule façon de changer les choses. Suis ton coeur Luisa, la vérité est en toi.* Luisa se redresse, le souffle court. Elle essaie de faire taire les voix. *Pourquoi tu te tourmentes ? Maurice arrive* dit sa mère.
« Appelle-moi » souffle Luisa dans la pièce, comme si Salih était là.

Luisa sort une cassette d'un morceau de velours. Elle annonce que Rizlane a fini de l'enregistrer hier soir. Voilà son premier album; avec toutes les reprises du cabaret. Israfil la prend avec sainteté et l'insère dans le lecteur de la 4L. Après l'interprétation de *Carmen*, Israfil s'allume une *Marquise.*
« Tu es comme elle » dit-il à Luisa.
« Comment ? » répond Luisa qui use des mêmes manières que le personnage de Mérimée, sans le savoir.
Elle se sert dans l'étui à cigarettes. Israfil pense que sa beauté est rare, comme sa façon de vivre selon ses propres règles.

« Mais Carmen est tragique ! » rit Luisa.
« Est tragique que ce qu'on ne choisit pas. »
Selon Rafael, Carmen était responsable de sa mort. Alors elle n'était pas tragique, elle était simplement libre et Luisa aima ça.

Sinon, Luisa n'a aucune inspiration, ni envie de partir en tournée. Elle soulève sa robe comme si les volants pourtant si délicats la privaient de liberté. Son réel s'est agrandi mais elle s'y trouve à l'étroit. Elle ne pense qu'à retrouver Salih.

    Ce soir, le spectacle est français, Luisa chante *La groupie du pianiste.* Des admirateurs veulent signer leurs contrats. Ils promettent de l'emmener loin. Luisa reçoit roses et soieries. Mais tout ce qu'elle veut, c'est gâcher l'avenir qu'elle a devant elle, comme la groupie. Parce que ça lui est égal *et toute sa vie, c'est pas grand chose.*
Luisa ne répond rien aux propositions. Comment suivrait-elle Salih avec une tournée à faire ? Elle s'étend sur sa chaise, derrière la table pleine de paperasse. Elle se sent vivre depuis mille ans déjà. Et si Salih ne rappelle pas; c'est sûrement assez. Elle détache sa crinière et s'allume un *cigarro*. Elle inhale jusqu'à voir un nouveau réel.

Premier week-end de septembre, Grenade entière est réunie place du marché, pour voter. Luisa passe par hasard. Elle ne se soucie pas du futur et n'a rien à défendre. Elle paie pourtant ses briques de *Tropico* trois fois plus cher pour échapper aux déserts d'ennui de la journée.
Ines s'indigne de la voir si tranquillement flâner, le jus à la main. Comment peut-elle encore en boire ? N'a t-elle pas entendu l'appel au *boycott. Tropico* est aussi responsable de la pauvreté dans le monde paraît-il ! À chaque gorgée bue, c'est l'Afrique qui s'assèche. Luisa éclate de rire, malgré elle. Tout est toujours si politique.
Elle descend la brique avant qu'elle ne puisse plus le faire. On la hue et lui jette des grenades au jupon. Elle en attrape une à la volée et s'en va pieds nus sur les pavés.

Elle court devant les terrasses. Partout on l'arrête. On la commente. On pense que Luisa est la fille la plus libre de l'été. On l'a même dit dans le *Vogue.*
« C'est étrange… Je te regarde comme pour la première fois » murmure un homme sur son passage.
« Que tu es belle ! » proclament les autres.
*Tu es d'hier et de demain. Que tu es belle ! Que tu es belle ! Que tu es belle !*
Arrivée à Sacromonte, une chanson résonne. *Paroles et paroles et paroles et paroles et paroles, et encore*

*des paroles*... Luisa se précipite mais les mots hurlent et vibrent si forts qu'ils la déséquilibrent.
« Traînée ! » hurle Esma croisée à l'angle d'une rue. Comment Luisa peut-elle coucher avec ses admirateurs ? Que fait-elle de Salih ? Sans son excentricité, elle n'aurait aucun succès songe Esma. Mais doit-on admirer seulement les femmes qui ne couchent pas, se demande Luisa. Et est-ce que toutes les bonnes filles ont vraiment arrêté de boire du *Tropico* ? Qu'est-ce que penserait Salih de tout ça ? Sait-il au moins ce qui se dit à Grenade où *là-bas* ça n'a aucune importance ?

**Vacances**

Luisa passe son temps à rêver sous les persiennes. Sa mère envoie son perroquet cent fois par jour, lui dire qu'elle est merveilleuse et que dans une semaine enfin, le monde entier le saura. Mais Luisa ne veut plus chanter. Elle se regarde dans le miroir en grand être de beauté, plein de soucis. Rizlane se balance dangereusement sur sa berceuse, tous les disques de Luisa sur les genoux.
Israfil promet de les écouter nuit et jour, même si sa sœur doit en mourir de jalousie. L'album est sorti. La pochette montre Luisa à trois visages. Mais Luisa reste impassible dans le salon, ne se reconnaissant pas. Brahm appelle depuis *Bharat*. Il l'a vue à la télé

indienne, dans la boutique d'un coiffeur de rue. Il dit être fier d'elle, ce qui parait mensonger, mais Luisa sourit.

Elle laisse le téléphone parler sur un pan du tapis et contemple les couleurs de la fin de journée, en rêvant toujours de la même chose… Que Salih rappelle. Le mauve n'est pas le même que le mauve sur le corps de Salih. Sans lui, le monde est trop différent. Pourquoi n'appelle t-il pas ?

La cage d'escalier baigne dans la pénombre. Sur la *zellige*, une enveloppe bien faite brille au nom de Luisa. À l'intérieur, elle y trouve un cachet de deux-cent mille *pesetas* pour les disques vendus. Elle attendait des nouvelles de Salih, donc elle laisse le courrier sur le drap, sans s'en préoccuper. Elle passe ses chansons au volume le plus fort, se déhanchant librement à demi-nue. La concierge hurle depuis sa loge. Luisa augmente le son. Elle fait une enveloppe avec une somme importante pour que la concierge épaississe ses murs.
Le perroquet s'écrie aux persiennes, par dessus *Gitane,* annonçant la tournée. Dans trois semaines ! Vingt-six pays ! Luisa prend feu, exaspérée. Elle n'a jamais voulu qu'une scène où être elle-même. *Fille d'Esméralda, tu déroules tes bras. On ne sait d'où tu viens, on ne sait où tu vas.* Elle éteint Dalida.

Le cabaret sera privatisé dès la semaine prochaine pour la première date et d'ici là, les journalistes la veulent à la télé. Mais elle n'a rien à dire. Rien à dire du tout. Elle laisse trainer ses jupons sur sa fortune en pièces. Il fait si chaud. Elle a de quoi vivre trois vies en Egypte. C'est ridicule.

Luisa se jette sur le matelas. Elle attrape le téléphone et compose le numéro d'Air Algérie. Ça sonne un moment. Luisa revoit les mains brûlées de Salih sur son corps. C'est la terre et l'or ensemble. On lui passe une musique pour patienter.

Les vieilles vont à la messe. Luisa s'étend sur les marches de la basilique. La foi lui est parfaitement étrangère, mais elle profite du soleil; tranquille et indolente. Elle passe devant la *cantina,* indifférente comme si elle n'y avait jamais travaillé. Elle croise des camarades qui la félicitent pour son succès. Ils veulent faire quelques clichés. Luisa les trouve hypocrites, mais prend la pose. Il lui a toujours plu de s'amuser. Sauf qu'elle n'y prend soudain plus aucun plaisir. Elle porte son jupon de *Gypsy Swing !* avec le sentiment de ne pas être tout à fait la même.

Elle retrouve Israfil en haut de la murette. Il la regarde avec les mêmes yeux d'amour habituels. Pourrait-elle l'aimer; recommencer une vie ? Elle

s'allume plutôt une *Marquise,* appréciant davantage la sensation de fumée entre ses lèvres que celle des baisers. Elle ne parle pas non plus.
Puis elle en a assez du soleil, de la ville. Elle rêve d'une mer blanche, épaisse. Et les vagues passent comme ça, pendant des jours sur Grenade assoupie…

Luisa se traine chez sa mère pour une autre brique de *Tropico*. Rizlane a déjà le frigidaire ouvert. Elle repose devant, seins-nus; le soleil venu d'Afrique dans le salon. Rizlane fume sa cigarette, sans en débarrasser la cendre. Elle tombe d'elle-même avec la densité. Luisa trouve dans cette manière de fumer un merveilleux détachement.
À la télé, une émission présente Rabindranath Tagore. Ça résonne dans le salon *Et parce que j'aime cette vie, je sais que j'aimerai la mort aussi bien.*
« Vivement que Maurice nous emmène en France ! » soupire Rizlane.
« En France aussi on crève de chaud maman… »
« Je sais chérie… »

Le frigidaire vibre. Rizlane raconte la fois où Maurice les a emmenées en vacances. Premier été après l'indépendance de l'Algérie. Maurice manquait son Alboran. Ils étaient partis en voilier. C'était infernal, avec le sèche-cheveux qui ne

marchait jamais et Luisa qui se penchait chaque fois qu'on ne la regardait pas. Mais ça avait été les plus belles vacances qu'ils aient passées tous les trois.
C'était donc vrai : l'homme fumant sous le chalutier; le *chérie chérie*. C'était Maurice. Luisa avait bel et bien connu son père. Alors qu'est-ce qu'était le monde en fin de compte ? Était-il au moins réel ?

« Tu trouves un sens à ta vie, *Maa* ? »
Rizlane respire tout l'air qu'elle peut avant que le frigidaire ne retombe en panne.
« Chérie, la vie c'est nos souvenirs et combien on a aimé. »
Le frigidaire s'arrête. Il y a un grand silence. Luisa trouve la réponse de sa mère parfaitement satisfaisante. Et alors elle lui demande enfin :
« Pourquoi Maurice est parti ? »
Rizlane recrache une fumée épaisse qui s'empare de la pièce, révélant son visage magistral. Le soleil pleut de diamants.
« Parti où, chérie ? »

La concierge chique son tabac devant Oum Kalthoum. Luisa n'a jamais pris le temps de regarder la mosaïque au mur. Elle en reconstitue maintenant la chronologie. La pièce à la danseuse tordue est sûrement pour le soir où elle chantait saoule d'orange.

La vie apparaît comme une grande fresque fragile. Luisa annonce son départ définitif. Elle tend une enveloppe, justifiant les loyers de sa mère pour les prochaines années. La concierge mi-soulagée, râle dans sa barbe que Rizlane ne parte pas aussi. Elle n'a pas encore réalisé la somme reçue. Luisa estime que ces adieux sont suffisants.

Au grenier le soleil est lubrique. Luisa se tord dans la pièce, prise d'une soudaine envie de le faire. Ses bijoux sonores se confondent à la lumière. Mais personne n'est là pour la voir, ni pour la désirer. Son rire d'émail résonne un moment puis on ne l'entend plus. Luisa se laisse tomber, les bras en l'air. Elle rêve d'une houle épaisse, blanche.
Elle ouvre la bonbonne de gaz sur la *zellige*, pour un thé. Elle verse l'eau, disperse les dernières *Luiza leaves* offertes par Salih, tente de voir l'avenir en fonction des feuilles. Mais elles flottent sans ne rien indiquer. Luisa balaie la pièce du regard, pour des allumettes.

Le téléphone sonne. C'est Air Algérie; mais un cousin qui parle. Salih est parti du jour au lendemain en Russie, diriger une distillerie de lotus bleu. Sa famille n'avait plus un sou. Il a du se sacrifier. Luisa s'esclaffe dans le téléphone, qu'elle tient toujours négligemment. Elle retire son étoffe, tant elle a

chaud à force de rire. Le cousin dit que Salih reviendra. Il a tellement parlé de Luisa.
La pièce commence à se remplir de gaz. Luisa fait comme une petite prière dans le téléphone. Sa vision se trouble. Le soleil parle. Luisa délire. Ses songes deviennent denses, espacés. Elle enlève son jupon. Si elle était restée avec Salih… Si elle partait en Russie le couvrir d'or… Houle de gaz. Luisa sent un vertige. Elle se met entièrement nue.
Salih l'aime, c'est l'essentiel. Connaître l'amour suffit. Et Luisa sait; elle sait qu'être vraiment libre, nécessite d'avoir tout connu et tout perdu. Sa liberté l'a ébahie… puis étourdie. Aujourd'hui Luisa n'a plus Salih dans sa vie mais elle est finalement libre.

Elle rit encore, avale une ou deux bouffées de gaz, parfaitement apaisée. Son corps se soulève et flotte. Elle contemple les dernières images de sa vie; son étoffe pourpre sur son drap blanc et les persiennes ouvertes sur le merveilleux. Elle sent le monde en elle et sa grandeur; avant qu'il ne la quitte.
Rien n'a d'importance tant que les choses ont été. Cela confère à l'existence une absolue magie pense-t-elle. Puis elle ne peut plus penser. Elle ferme les yeux, reposée sur un bras. Ses bijoux continueront de briller après elle. Le gaz inonde le grenier de vagues blanches et épaisses.

Luisa baille, avalant la première étoile naissante. Elle devient blanche elle-même.

Elle n'est plus de ce monde, tout à fait illuminée.

Le matin s'étire lentement sur les rives du lac Baïkal. Un mince voile de brume apparait sur la surface de l'eau. La distillerie est invisible à tous ceux qui ignorent son existence. Salih traverse la cour en silence, enveloppé dans un épais manteau. L'air est glacial, mordant, mais il s'y est habitué.
Ça fait des mois qu'il travaille ici, loin de tout, dans cette distillerie mystérieuse dédiée à l'extraction de l'essence rare du lotus bleu. Un parfum floral envoûtant, presque hypnotique flotte nuits et jours dans l'air depuis les vastes cuves de cuivre alignées le long du mur. Les fleurs de lotus, cueillies avec soin, reposent dans ces cuves, prêtes à être distillées.

Dans l'obscurité relative, Salih s'approche d'une table de travail. Sur celle-ci, des pétales bleutés sont délicatement posés, leur couleur vibrante contrastant avec l'austérité de la pièce. Il recommence à trier les pétales, les plus parfaits d'un côté, ceux légèrement abîmés de l'autre. Ses gestes sont minutieux, mesurés. L'essence produite est rare, vendue à prix d'or dans le monde entier, et la moindre erreur peut altérer la pureté de l'élixir.

Une fois les pétales triés, il les dépose doucement dans une nouvelle cuve, où l'eau du Baïkal, est chauffée lentement. L'eau monte en vapeur,

capturant l'essence des fleurs dans un processus ancestral.
Salih s'allume une *Fatima* et ajuste les mécanismes, surveillant chaque détail avec attention. Il sait que l'étape suivante, la distillation à travers les alambics en cuivre, demandera des heures.

Alors son esprit vagabonde. Il repense aux raisons qui l'ont conduit ici, si loin, dans ce monde presque irréel.
L'eau dans la première cuve a atteint la température idéale. Salih ouvre une valve et regarde, fasciné comme toujours, la vapeur s'élever, emportant avec elle l'arôme enivrant du lotus bleu.
Sinon, il n'y a personne d'autre. Pas d'ordres, pas de discussions. Seulement le bruit régulier des machines et la vapeur sifflante.

Salih ferme les yeux un instant, laissant ce parfum mystique l'envahir et emporté par la chaleur naissante. Un sourire discret étire ses lèvres, alors qu'il se met à rêver du futur. Il voit Luisa, son visage, ses yeux sombres, profonds comme ceux d'une enfant ou d'un animal. Elle l'attend, il le sait. Il se l'imagine en Egypte, dans les rues poussiéreuses.
Le jour où il aura enfin gagné assez d'argent grâce à cette distillation rare, il quittera la Russie pour la

retrouver. Il s'imagine revenir victorieux. Ses longs cheveux à elle flotteront par magie. Elle sera belle comme elle l'a toujours été. Salih oubliera tout de l'obscurité des cuves et du froid.

Salih soupire en ouvrant les yeux. La vapeur continue de s'élever. Il sort de la distillerie. Il a besoin de respirer, de se détacher un moment de l'atmosphère lourde de la distillation.

Devant lui, le Baïkal s'étend comme une mer immobile. Seule la brume se lève doucement au-dessus des eaux. Salih s'arrête, son regard attiré par cette matière dense et à la fois éthérée. Il plisse les yeux. Les brumes prennent forme, s'assemblant en une silhouette blanche et inouïe. Peu à peu, la figure devient plus nette, et Salih n'ose pas croire ce qu'il voit. C'est elle. Luisa.

Elle émerge comme un mirage, avançant sur des couches de nuages. Son visage est paisible, ses cheveux sont bruns mais étrangement éclairés. Elle est vêtue de la même robe qu'elle portait la dernière fois qu'il l'a vue, mais elle semble différente, plus lumineuse.

Salih est incapable de détourner les yeux. Il sent son corps s'alléger. Luisa s'approche doucement, sa silhouette se détachant du mirage, aussi réelle que dans ses souvenirs. Elle n'a rien perdu de son exubérance mais quelque chose de sage et de serein émane d'elle; quelque chose venu d'un autre monde.

Salih fait un pas, pris par l'instinct de lui parler, de lui dire combien il a attendu de la revoir et de l'emmener au Nil. Mais elle le devance et sourit.
« On est déjà là-bas… » prétend t-elle.
Sa voix est douce, portée par le vent. Elle résonne en Salih comme une vérité. Alors il s'arrête, les bras tendus vers elle, cherchant à comprendre. Elle est là, devant lui, comme si tout ce temps passé à compter l'argent, n'avait plus de sens.
« Pardon ? » dit-il, confus.
Elle secoue merveilleusement la tête, son sourire ne quittant pas son visage. Les brumes autour d'elle semblent la soulever. Elle est là, présente, tangible, mais elle est aussi plus que ça. Salih sent un étrange apaisement l'envahir. Elle n'est plus une promesse distante.

Luisa lève la main, effleurant l'air invisible devant elle. Elle semble voir un monde que lui ne voit pas.
« On est déjà là-bas, en rêve » conclut-elle.

Salih se tait, absorbant ses mots. Le vent semble s'être adouci grâce à cette présence de lumière. Salih comprend. Il n'a plus besoin de courir, ni de se battre contre la vie. Il retrouverait Luisa ou il ne la

retrouverait pas. De toute façon, elle existait en lui. Il n'y avait plus de distance, ni-même de monde matériel.
Salih sourit alors, pleinement heureux, presque exalté. Le Baïkal semble moins froid, moins grand. Luisa, sous forme de nuages ou de rêve s'éloigne doucement.

Elle s'en va s'allonger sur la rive opposée, aussi blanche que l'horizon.

Du même auteur

*Gitanes* — poésie

À propos de l'auteur

Passionnée de poésie et d'imaginaires, Salomé Merit explore à travers ses narrations les émotions humaines et les subtilités de l'âme. Ayant voyagé en Inde, en Europe orientale et au Maghreb, chaque terre visitée a nourri son esprit de cultures riches et variées, ouvrant la porte à des réflexions sur le monde, le sens de la vie et la quête spirituelle.

Ses histoires sont traversées d'interrogations constantes sur dieu, la nature de l'existence, et ce qui relie les êtres humains. Elle célèbre dans ses œuvres la beauté et la philosophie, dans un stylé délicat et empreint de fantaisies.

À Salih